# 라 이 프
# 재 킷

# 라이프 재킷

이현 장편소설

창비

⚓
**차
례**

1부

# 스토리

# 고은

그날 아침에는 비가 내렸다.

아파트 1층 현관을 나서는 순간 고은은 짜증스러운 소리를 내뱉었다. 굵은 비는 아니지만 바람이 셌다. 어쩐지 자동문이 뻑뻑하게 열린다 싶더니, 밖으로 나서자마자 뜨듯한 빗방울이 얼굴을 때렸다. 다른 때보다 화장과 머리에 신경을 쓴 날이었다. 고은은 기분이 안 좋은 날에는 더 공을 들이곤 했다.

그런데 비바람인 거였다. 우산도 들고나오지 않았다. 어차피 우산으로 될 날씨가 아니었다. 엄마한테 학교까지 태워 달라고 할까. 고은이 그렇게 생각하며 현관을 돌아보는 순간이었다.

"고은아!"

같은 반 현서였다. 마침 현서 엄마 차가 지하 주차장을 빠져나오는 참이었다. 조수석의 현서가 빼꼼 연 창문 틈으로 손을 내밀어 반갑게 흔들었다. 현서 엄마가 고은 앞에 차를 세웠다.

"타라!"

현서 말이 떨어지기도 전에 고은은 움직였다. 뒷자리에 앉아 문을 닫고 털썩 등을 기대앉으며 장난스레 큰 숨을 터뜨렸다.

"헤헤. 니 나올 줄 알고 우리가 딱 맞춰서 나왔지."

"내가 우리 고은이 전속 기사잖아."

현서와 현서 엄마가 주거니 받거니 했다. 고은도 그만 웃음이 났다.

"고맙습니다. 내일도 잘 부탁드립니다, 기사님."

현서 엄마는 장난스레 거수경례하는 시늉을 해 보이고서 다시 차를 움직였다. 그때 순찰차가 아파트 정문으로 들어섰다. 일행처럼 뒤따르는 진회색 승용차도 있었다.

"아침부터 무슨 일이고?"

고은이 밖을 내다보며 중얼거리자 조수석의 현서가 돌아보았다.

"아, 니 모르제?"

그러자 현서 엄마가 나직이 꾸짖었다.

"조용히 해."

"아, 뭐. 어차피 학교 가면 다 알게 될 건데."

반박할 말이 없는 듯 현서 엄마는 잠자코 핸들을 돌렸다. 자동차는 아파트 단지를 빠져나가 해안 도로로 접어들었다.

처얼썩! 굉음을 울리며 방파제 너머까지 파도가 허옇게 솟구쳤다. 그저 아파트 사이를 휘돌며 빗방울을 흩뿌리는 바람이 아니었다. 바다마저 흔들리는 아침이었다. 그러나 바다 저편에는 구름을 가르며 드러난 하늘이 파랗게 빛나고 있었다. 방파제에서 힘껏 몸을 던지면 단숨에 그 햇살에 몸을 담글 수 있을 것 같았다. 하지만 그건 한낱 육지의 마음일 뿐이다. 수평선을 지나는 화물선 하나 없는 바다는 두 손으로 퍼 올릴 수 있을 만큼 아담하게도, 일생을 다해도 건널 수 없이 드넓게도 보인다. 그런 어느 비 내리는 아침이었다.

그런데 개가 달리고 있었다.

방파제와 나란한 해안 산책로를 따라 커다란 개가 경기를 앞두고 가볍게 트랙을 도는 육상 선수처럼 달리고 있었다. 하나 둘 하나 둘, 구령에 맞추기라도 한 듯 규칙적인 걸음이었다. 하지만 개는 혼자였다. 누런 털빛에, 진돗개를 닮았지만 훨씬 덩치가 컸다. 그렇다고 갈 곳 없이 떠도는 들개처럼 보이지는 않았다. 개는 하니스에 달린 리드 줄을 긴 스카프처럼 펄럭이며 즐겁게 달리는 것 같았다.

"뭐야? 소야, 개야?"

현서 엄마가 개를 슬쩍 곁눈질하고는 중얼거렸다. 현서와 고은도 개를 따라 쭉 눈을 돌렸다. 현서가 제 엄마를 돌아보며 물었다.

"신고할까?"

그 말에 고은이 대꾸했다.

"뭐라고 신고를 하노?"

유기견, 보호소, 안락사. 그런 단어들이 잇달아 고은의 머릿속에 떠올랐다. 그새 개는 저만치 멀어져 있었다.

"아, 참."

현서가 그러면서 고은을 돌아봤다.

"서장진 없어져 가지고 난리 났다."

서장진? 장진은 187센티미터의 장신에 몸집도 커서 처음에는 눈길을 끌지만, 곧 풍경이 되는 애였다. 워낙 순하고 조용했다. '없어지다'는 참으로 서장진과 어울리지 않는 동사였다.

"없어지는 게 뭐고?"

"뭐긴 뭐야? 없어진 거지. 어제 낮에 나갔는데 아직 안 들어왔단다. 스마트폰도 꺼져 있고. 그래서 신고했는데 경찰이 영 시답잖게 군단다. 놀러 간 거 아니냐, 가출 아니냐……."

가출이라는 말에 고은은 절로 고개를 젓게 됐다. 얼마 전에도 아파트 단지에서 제 엄마랑 팔짱 끼고 산책하는 서장진을 봤다. 지난겨울에는 서장진이 엄마랑 단둘이 유럽 여행을 하면서 인스타그램에 사진을 꽤나 올렸다. 물론 누구에게나 남들은 모르는 얼굴이 있다. 멀쩡해 보이지만 알고 보면 학대를 당하고 있다거나, 부산항을 주름잡는 마피아 조직원이라거나, 인터넷에서 끔찍한 짓을 저지르는 악마라거나. 하지만 서장진과 가출이라……. 아무래도 고개 저을 수밖에 없는 일이었다.

그런데 교실에도 서장진은 없었다. 그리고 천우도 없었다.

그거야 당연한 일이었다. 천우는 전학을 갔다. 알고 있으면서도 교실로 들어서는 순간 고은은 그만 천우가 즐겨 앉던 자리부터 돌아보고 말았다. 와락 짜증이 치밀었다. 더 이상 신경 쓰지 않기로 단단히 마음먹은 터였다. 지난밤에는 인스타그램 팔로우도 끊어 버렸다. 그래 놓고 또 천우부터 찾은 거였다.

고은은 스스로에게 저주의 말을 퍼부으며 자리에 앉아 영어 학원 프린트를 펼쳤다. 눈에 들어오는 단어를 무턱대고 연습장에 반복해서 휘갈겨 썼다. 곧 조회를 알리는 예비종이 울렸다.

그때 담임이 다급하게 앞문을 왈칵 열어젖혔다. 그러고는 교실로 들어오지 않고 부반장을 밖으로 불러냈다. 반장 아니고 부반장? 고은은 반장 노아가 늘 앉는 자리를 돌아봤다. 두 개의 책상이 앞뒤로 나란히 비어 있었다. 원래 앞쪽은 노아, 뒤쪽은 으레 천우의 자리였다.

"김노아 오늘 안 왔나?"

누군가 의아하다는 투로 말했다. 별난 일이었다. 결석은 물론 지각하는 법도 없는 김노아였다.

고은은 목을 세워 복도를 살폈다. 담임이 부반장에게 무언가 묻는 것 같았고, 그때마다 부반장은 고개를 저었다. 담임은 심각한 얼굴로 부반장에게 몇 마디 더 하고는 교무실 쪽으로 사라졌다.

"서장진 때문인 거 같은데."

현서가 말했다. 고은도 그런 생각이 들기는 했다. 그런데 하필이면 노아도 교실에 없었다. 전학 간 천우, 장진, 노아……. 그러고도 빈자리가 더 있었다. 고은이 현서를 돌아보며 물었다.

"우리 교실에 남는 책상이 있었나?"

그때 교실로 들어온 부반장이 교탁 옆에 서며 모두에게 뜬금없는 질문을 했다.

"김노아랑 정태호랑 친하나? 아니면 정태호랑 서장진이랑."

정태호?

모두의 얼굴에 의문이 떠오르다 하나둘 깨달은 표정이 됐다. 아, 정태호. 여름 방학 직전에 전학 온 애. 서울이랬나? 아니, 서울은 아니랬는데. 아무튼 서울 말씨였는데. 태호는 아직 그냥 전학생이었다.

그 애들이 하나하나 결석했다면 그리 관심 끌 일이 못 됐다. 그러나 셋이 동시에 나타나지 않는 것은 좀 묘했다.

게다가 류.

고은에게는 마음에 걸리는 이름이 하나 더 있었다. 같은 반도, 같은 학교도 아니었다. 고은과 류는 중학교 동창이지만 각자 다른 학교로 진학했다. 고은 혼자 같은 중학교 출신이 아무도 없는 곳으로 진학한 거였다. 교실에, 아마도 학교 전체에 민류를 아는 애는 없을 터였다. 스토리피자의 핸콕62라면 혹시 또 모르겠지만.

김노아와 서장진과 전학생과…… 류? 천우?

말도 안 되는 생각이었다. 그런데도 고은은 스마트폰으로 인스타그램 메시지를 다시 확인해 봤다. 류에게서는 아직 답장이 없었다. 지난밤 고은이 보낸 열 개도 넘는 메시지들은 여전히 읽지 않음 상태였다. 하지만 류한테 씹힌 메시지가 백만 개라 해도 그건 고은의 교실과는 무관한 일이어야 마땅했다.

천우의 그 스토리만 아니라면.

고은의 머릿속에 불길한 그림이 그려지고 있었다. 아니, 아무래도 억지스러웠다. 그렇지만 전날 류와 주고받은 메시지의 시작은 천우의 스토리였고, 류의 마지막 답장은 막 동백역에서 내렸다는 거였다.

"뭐 하노?"

현서가 고은을 툭 쳤다. 고은은 퍼뜩 정신을 차렸다. 1교시 시작종이 울리고 있었다.

"니 무슨 일 있나?"

현서가 다시 물었다. 고은은 뭐라고 대답할지 모르는 채 멍하니 현서를 보다, 스마트폰을 열어 천우의 인스타그램으로 들어갔다. 그 스토리는 없었다. 만 하루가 아직 지나지 않았으니 천우가 스토리를 스스로 삭제했다는 뜻이었다. 고은은 그만 얼굴이 와락 뜨거워졌다. 그러게, 이천우가 하는 소리를 진지하게 여긴 내가 바보지. 천우는 그런 애였다. 그런 취급을 당해도 쌌다. 그게 고은의 생각이었고, 여론이라고 해도 좋았다. 그런데도 고은은 천우의 인스타그램에서 떠나지 못하고 팔로워와 팔로잉 목록을 열어 보았다. 딱히 놀라울 건 없었다. 팔로워도 얼마 되지 않는 주제에 팔로잉 목록이 더 짧은 것도 이천우다웠다.

그런데 천우의 팔로워 중 정태호라는 이름이 있었다. 설마 하며 그 계정으로 들어가 보니, 개가 있었다. 고은은 개를 키운 적이 없었다. 키웠다 한들 누구라도 잠깐 스쳤던 개의 얼굴을 알아보기는 어려운 법이다. 하지만 등굣길에 본 개와 같은 모습이었고, 같은 하니스와 리드 줄이었다. 등 부분이 형광색 조끼처럼 생긴 하니스에 빨간색과 노란색 끈으로 땋은 것 같은 리드 줄. 비슷한 제품이 수백, 아니 수천 개일지 모르긴 했다. 하지만 가장 최근 사진의 배경은 바로 그 해안 산책로였다.

그 정태호였고, 그 개였다.

정태호 계정의 최근 게시물은 전부 그 개 사진이었다. **#부산살이 #전학생신세 #해운대 #유일한절친**

그때 담임이 교실로 들어왔다. 어쩐 일로 교실이 삽시간에 조용해졌다. 호기심에 찬 침묵이었다. 고은은 그런 줄도 모르는 채 손에 든 스마트폰에서 눈을 떼지 못했다. 평소 같지 않게 심각한 담임의 눈초리가 고은에게 날아들었다. 애들도 하나둘 고은을 돌아봤다. 현서가 고은을 툭 쳤다. 그제야 고은은 퍼뜩 고개를 들었다.

"고은아. 니 뭐 하노?"

담임이 1교시도 전에 지친 것 같은 얼굴로 물었다. 고은은 대답하지 못했다. 담임을 무시해서가 아니었다. 무슨 말을 해야 할지 몰랐다. 그 모습이 심상찮아 보였는지 담임의 표정이 달라졌다.

"와 그라노? 고은아, 니 무슨 일 있나?"

"선생님……. 이천우, 전학 간 거 맞아요?"

남자애들 쪽에서 우우 하는 소리가 터져 나왔다. 여자애들도 피식피식 웃었다. 부끄러움은 제 몫이라는 듯 현서는 두 손으로 얼굴을 덮으며 괴로워했다. 그런데 담임은 달랐다.

"니 뭐 아나?"

담임의 놀란 소리에 교실은 일순 얼어붙었다.

평소에 현서는 고은더러 촉이 좋다고 했고, 엄마는 드라마 좀 그만 보라고 핀잔을 주곤 했다. 담임은 어느 쪽일지 몰랐다. 그러나 고은은 몹시 겁이 났다. 그럴 때는 곁에 있는 누구의 손이라도 잡고 싶게 마련이었다.

"선생님."

고은이 입을 열었다. 담임이 재촉하듯 빠르게 고개를 끄덕였다.

"천우가 어제 스토리를 올렸어요."

"스토리?"

이 모두가 어떤 이야기라면 그 스토리가 시작이었다. 그것이 고은의 생각이었다.

# 스토리

우리 요트 탈래?

#플렉스_릴랙스 #우리집요트 #돛을올려버려 #천우신조호 #해운
대라이프 #부산마리나 #8번계류장 #롸잇나우 #요트탈사람

2부

# 하루 전

# 천우

천우는 돛을 올리는 법을 모른다, 실은.

전혀 모르지는 않지만, 아는 것과 할 줄 아는 것은 전혀 다른 문제다. 그렇다면 돛만이 아니다. 천우는 요트 모는 법을 모른다, 실은.

그래도 인스타그램에 스토리를 올렸다. 돈 냄새 풀풀 나는 초고층 주상 복합 아파트를 배경으로 '신조호'는 잘리고 '천우'만 나오도록 비스듬한 각도로 요트를 찍은 사진이었다. 해시태그도 주르르 달았다. #우리집요트 #돛을올려버려 #천우신조호 #해운대라이프 물론 #플렉스_릴랙스도 빠뜨리지 않았다. 평소 가장 애용하는 해시태그였다. 전에도 종종 인스타그램에 요트를 올렸다. 중고라도 벤츠 두 대 값은 넘는다는 요트로 세일링을 하는 이유가 뭐겠는가. 사진 속 파란 하늘에 하얀 글씨까지 넣었다. 우리 요트 탈래?

그러고도 뭔가 아쉬워 평소와 다른 해시태그도 덧붙였다. #부산마리나 #8번계류장 #롸잇나우 #요트탈사람

그러나 천우는 요트에 발끝도 들이지 못하고 있었다. 요트에 나붙은 노란 딱지를 잡아뗀다고 현실이 달라지는 것은 아니었다. 그러고 보니 마지막으로 요트를 탄 지 두 달도 넘게 지났다. 그게 다 조짐이었던 것이다. 엄마 아빠가 바빠서가 아니었다. 요트에 싫증이 났기 때문도 아니었다. 세일링 같은 소리나 하고 있을 형편이 못 됐던 것이다.

어쩌면 그렇게 눈치가 없었는지 스스로가 한심했다. 늘 똑똑한 척하는 신조도 다르지 않았다. 백만 원이 든 봉투를 내던지며 엄마 아빠를 따라가겠다고 울어 대기나 했다. 서울에 잘 갔나⋯⋯. 문득 치미는 걱정을 천우는 얼른 털어 냈다. 신조 이모는 신조라면 예뻐 죽었다. 이왕지사 얹혀사는 신세라면 서울이 낫겠지. 그것도 강남이라고 했다. 그러나 천우의 스마트폰에 들어 있는 기차표는 대구행, 그것도 KTX가 아닌 무궁화호였다. 천우는 그게 무슨 기차인지도 몰랐는데, 큰아버지가 기차표를 문자 메시지로 보내며 굳이 한마디 덧붙였다. 니도 이제 알뜰하게 사는 법을 배워야 된다.

가슴이 답답해졌다. 천우는 담배 생각에 무심코 여름용 바람막이 점퍼 주머니에 손을 넣으려다 아차, 했다. 집에다 기기를 두고 나온 거였다.

지난겨울에 요트에서 담배를 피우다 아빠한테 걸려서 정말이지 바다에 내던져질 뻔했다. 그 뒤로 더욱 삼엄해진 아빠의 감시를 피하느라 전자 담배로 바꾸었더니 들킬 위험은 줄었지만 이게 문제였다. 기기를 집에 두고 나오는 바람에 새로 산 게 벌써 두 번? 세 번? 아직 열여섯 살이라는 건 거의 문제가 되지 않았다. 명절에 몰래 훔친 고모네 사촌 형 주민 등록증이면 되었다. 외모가 삭은 덕을 봤다. 기기 가격도 알 바 아니었다. 십만 원쯤? 정확히 얼마인지 기억하지도 못했다. 언제나 결제는 엄마 신용 카드 담당이었다.

그런데 이제는 달라졌다. 천우는 백팩 앞주머니에 든 봉투를 꺼냈다. 엄지와 검지로 봉투를 잡으니 백만 원의 두께라야 고작 담배 한 개비였다. 그렇게 사라져 버릴 터였다.

천우는 눈을 들어 마리나 저편을 돌아보았다. 초고층 아파트 전면 유리창에 비친 아침 햇살이 어찌나 극성맞은지 눈도 맞추기가 어려웠다. 더 이상 그 어디에도 천우의 자리는 없었다. 천우에게 남은 유일한 자리는 큰아버지가 보내 준 무궁화호 좌석 하나였다. 확 가출해 버릴까. 백만 원이면 얼마나 버틸 수 있을까. 그런 생각을 하다가 그만 헛웃음이 났다. 가출도 아무나 하는 게 아니었다. 일단 나갈 집이 있어야 했다.

모든 게 다 거짓말 같았다. 이천우라는 인간 자체가 거짓말인 것만 같았다. 문득 아까 그 스토리가 생각났다. 그러게. 끝까지 다

거짓말이지. 천우는 다시 인스타그램으로 들어갔다. 우리 요트 탈래? 허세를 가득 담은 글자 아래에 뻐기듯 턱을 치켜든 제 모습이 보였다. 그 사진조차 거짓이었다. 그건 지난봄에 찍은 사진이었다. 이제는 돌아갈 수 없는 시간이었다.

거짓말은 꽤 관심을 끌고 있었다. 이미 여러 사람이 스토리를 조회했고, 좋아요를 누른 애들도 있었다. 대부분 오만 원권 한 장만 한 관심도 가지 않는 애들이었다. 그런데 그중 김노아가 있었다. 그리고 강고은도 있었다.

천우는 스토리를 지워 버렸다. 후회되지는 않았다. 이천우, 전학 가는 날까지 돈 자랑이지. 잘난 척이지. 싸가지가 없고. 그런 소리를 들어도 상관없었다. 아니, 오히려 잘되었다. 어쩌면 그런 소리를 듣고 싶어 스토리를 올렸는지도 몰랐다. 이제 됐다. 부산 바닥에서 그 누구도 이천우를 그리워하지 않을 것이다. 그렇다면 이쪽에서도 싹 잊어 줄 것이다.

천우는 부잔교 아래에서 흔들리는 바다에 침을 퉤 뱉고는 마리나를 떠났다. 대구행 무궁화호 출발 시간에 맞추려면 서둘러야 했다.

# 신조

아침을 먹고 나올 걸 그랬나. 신조는 좀 후회가 됐다. 물 한 모금 못 마실 것 같았는데, 백사장에 앉아 바다를 보고 있으니 어느새 몹시 배가 고팠다. 어제부터 제대로 먹은 게 없었다.

울며불며 짐을 싸느라 아침이고 점심이고 잊었다. 그러고도 발이 떨어지지 않아 다영이를 만났다. 우정 반지를 사고 사진도 수백 장 찍었다. 그러다 다영이네 집에서 하루 자고 가기로 얘기가 됐다. 걱정하는 이모한테 짜증을 내고 허락을 받았다. 그때는 그게 좋은 생각 같았다.

다영이한테도 끝내 거짓말을 하려니 도망치는 기분이었다. 마지막으로 같이 밤을 보내면서 다 털어놓을 생각이었다. 그러면 좀 홀가분하게 떠날 수 있을 것 같았다. 그런데 저녁밥을 먹는데 다영이 엄마가 물어 왔다. 서울 어디로 가노? 신조는 가슴이 덜

켁 내려앉았다. 물로 목을 축이고서야 겨우 대답을 했다. 양재동 요. 이모가 사는 동네였다. 그러니까 거짓말은 아니지만, 그건 거짓말이기도 했다. 그러자 다영이 엄마가 또 물었다. 맞나? 좋은 데로 이사 가네? 좋은 데,라는 말이 가시처럼 걸렸다. 그때부터 다영이 엄마 눈치가 보였다. 무언가 아는 눈치였다. 어쩌면 신조 자신보다 많이 알지 몰랐다. 어른들도 애들도 그랬다. 자기들끼리는 모르는 게 없었다. 아니, 어쩌면 그저 기분 탓인지도 몰랐다. 어느 쪽이든 더 이상 다영이한테 뭘 털어놓을 기분이 아니었다.

아침에 다영이가 깨자마자 그 집에서 나왔다. 엄마가 빨리 오랬다는 핑계를 댔다. 거짓말을 털어 보려던 것인데 오히려 거짓말을 보태기나 했다.

그러고 집으로 돌아가니 오빠 천우는 없었다. 짐도 보이지 않았다. 다영이를 만나러 나갈 때만 해도 방에서 게임을 하고 있었는데. 오빠한테 인사도 제대로 하지 못했다. 그럴 마음이 없었던 건 아니었다. 다만 무슨 말을 해야 할지 몰랐다.

오빠가 딱했다. 큰아버지라니, 상상만으로도 숨이 막혔다. 신조는 큰아버지가 싫었다. 어쩌다 명절 같은 때에 만나도 큰아버지는 웃는 낯을 보인 적이 없었다. 어른들끼리 술잔이 오가다 큰소리나 나지 않으면 다행이었다. 이번 일에 대해 큰아버지가 뭐라고 할지 짐작이 갔다. 거봐라. 내가 정신 차리라고 했나, 안 했나?

그중에서도 유독 천우에게 잔소리가 심했다. 큰집에 딸밖에 없으니 작은집 큰아들이 집안의 장손이네 어쩌네 하면서 사사건건 트집이었다. 다리 떨지 마라, 복 나간다. 옷 입은 기 그기 뭐고, 못 배운 집 자식맨치로. 니 땀 흘려 번 돈 아닌 거는 십 원짜리 하나도 남의 돈이다.

그에 비하면 이모네 집은 천국이었다. 그런데도 신조는 부산역으로 가지 못했다. 절로 눈길이 마리나 쪽으로 향했다.

동백섬에 가려 있어도 마리나가 훤히 보이는 것 같았다. 높다란 방파제 너머로 하얀 돛대가 숲을 이루고 있겠지. 그곳에 천우신조호가 있었다.

그런데 여름내 요트를 타지 못했다. 엄마 아빠는 바쁘다고 자꾸 미루기만 했다. 나중에, 나중에, 그 소리를 들으며 여름을 다 보내고 말았다. 이제야 그 하루하루가 눈물이 나도록 아까웠다. 이럴 줄 알았다면 하루도, 단 한 시간도 그냥 흘려보내지 않았을 것이다.

엉덩이에 붙은 모래를 털고 일어났다. 이모가 보내 준 KTX 차편은 출발까지 아직 반나절은 남아 있었다. 마지막 인사를 나눌 만한 시간은 됐다. 신조는 캐리어를 질질 끌며 백사장을 벗어나 마리나로 향했다.

마리나에 가니 편히 숨이 쉬어졌다. 주차장에 들어선 것만으로도 마리나 특유의 바다 냄새가 났다. 시원스러운 냄새는 아니지만 신조는 그 냄새마저 좋았다. 그건 출항의 냄새였다.

마리나 광장도 출항을 앞둔 분위기로 들떠 있었다. 요트에서 내린 사람들, 이제 요트를 타려는 사람들이 꽤 많았다. 사람들은 마리나 풍경을 사진에 담기도 하고, 서로 얼굴을 맞대고 셀카를 찍기도 했다. 그저 무심히 지나치기만 했던 그 모습 하나하나가 새삼스럽게 눈에 들어왔다. 신조는 난생처음 마리나에 온 관광객처럼 주변을 두리번거리며 8번 계류장으로 향했다.

그런데 어떤 남자애가 철문 앞에서 안을 기웃거리고 있었다. 커다란 개도 같이 있었다. 마리나 구경이라도 하러 왔나 보았다.

"잠깐만요."

신조가 그렇게 말하며 문가로 다가섰다. 남자애는 죄송합니다, 라며 옆으로 비켜섰지만, 문 앞을 떠나지는 않았다. 신조는 조금 망설여졌다. 그 자리에 카드 키가 있다는 게 대단한 비밀은 아니지만, 굳이 널리 알릴 필요는 없었다. 그런데 남자애가 신조에게 물었다.

"들어갈 거예요?"

신조는 일단 고개를 끄덕였다. 남자애가 반가운 얼굴로 웃었다.

"잘됐다. 어떻게 들어가야 하나 고민이었는데."

"요트 타러 왔어요?"

신조가 그렇게 물으며 턱짓으로 가장 바깥쪽에 정박해 있는 요트를 가리켰다. 이미 승객을 가득 태운 퍼블릭 요트는 곧 출항하려는 듯했다. 그런데 남자애가 고개를 저었다.

"저건 아닌 것 같아요. 우리 반 친구네 요트를 타러 온 거라."

우리 반? 신조는 남자애를 새삼스럽게 보았다. 고등학생처럼 보였다. 그런데 친구네 요트라고? 신조가 그 말을 궁금해하는 순간이었다.

"신조…… 맞제?"

뒤에서 누가 말을 걸었다.

이번에는 신조가 아는 얼굴이었다. 이름은 기억나지 않았다. 지읒이 들어가는 이름이었는데, 뭐였지? 같은 중학교를 졸업한 선배였고, 영어인지 수학인지 학원도 같이 다니고 있었다. 아무튼 인사 정도는 할 수 있는 사이였다.

"네. 안녕하세요."

상대가 멋쩍게 머리를 긁으며 말했다.

"갑자기 왜 높임말이고? 전에는 안 그랬는데."

그랬나? 신조는 여전히 그 선배의 이름이 기억나지 않았다. 그런데 개를 데리고 있는 남자애가 반가운 얼굴로 말했다.

"어! 너 서장진, 맞지?"

아, 서장진. 신조는 그제야 기억이 났다. 장진은 또 뒷머리를 긁적이며 남자애한테 말했다.

"내 이름을 아네? 나도 니 안다. 여름 방학 전에 전학 온 애 맞제? 니는…….."

장진이 미안한 얼굴로 말끝을 흐리자 남자애가 말을 이었다.

"태호야. 정태호."

"아, 그렇지. 태호. 맞다."

"괜찮아. 너도 요트 타러 온 거지?"

아무래도 둘이 말하는 요트라는 게 천우신조호일 것 같았다. 아니면 오빠네 반에 요트 있는 집 애가 또 있나? 그런 말은 들어 본 적 없었다. 신조와 천우는 각자의 친구에 대해 시시콜콜 말하는 사이가 아니었다.

그런데 장진이 신조에게 물었다.

"느그 오빠는?"

"아, 니가 천우 동생이야?"

태호 입에서 결국 천우라는 이름까지 나왔다.

신조의 짐작이 맞았다. 장진과 태호는 친우신조호를 타러 온 거였다. 도대체 모를 일이었다. 아무튼 둘의 태도로 보아 여기까지 찾아올 만한 이유가 있기는 한 모양이었다.

신조가 카드 키로 철문을 열고 들어가자 장진과 태호도 뒤따라왔다. 월이야, 가자! 태호가 개한테 말하는 소리가 들렸다. 월이, 그게 개의 이름인 것 같았다. 월이가 대답이라도 하듯 월! 하고 힘차게 짖었다.

그런데 천우신조호 앞에 또 아는 얼굴이 보였다. 이름이 헷갈릴 얼굴은 아니었다. 신조가 아주 잘 아는 사람, 이 상황에 대해 알고 있을 만한 사람이었다.

"노아 오빠!"

신조가 이름을 부르며 뛰어갔다. 노아도 신조를 보고 급한 걸음으로 다가왔다. 그런데 신조가 뭐라 묻기도 전에 오히려 노아가 신조한테 먼저 물었다.

"느그 오빠는?"

"몰라. 우리 오빠 여기 없나?"

노아가 당황한 얼굴로 또 물었다.

"그럼 니는 모르는 일이가?"

"뭐가?"

"천우가 요트 타러 가자고 스토리를 올렸다."

신조는 노아를 지나쳐 천우신조호로 다가갔다. 선미 출입구에 체인이 걸린 채 천우신조호는 침묵에 잠겨 있었다. 마리나에는 온통 햇빛이 가득한데, 천우신조호만 혼자 어둑한 것 같았다.

그새 꼴이 말이 아니었다. 여름내 마리나에 방치되어 있던 티가 났다. 곳곳에 시커멓게 먼지가 눌어붙었고, 여기저기 새똥도 있었다. 신조는 천우신조호에 미안한 생각마저 들었다. 세일링 타령만 했지, 잠깐 들러서 청소라도 할 생각은 못 했다. 그건 언제나 엄마 아빠의 몫인 줄만 알았다.

노아가 신조와 나란히 섰다.

"요새는 통 요트를 안 탔는갑네."

몇 번인가 천우신조호를 탔던 노아도 금세 알아보았다.

"우리 집……"

신조는 말을 꺼내다 말고 슬쩍 저편을 봤다. 태호는 사진을 찍느라 아직 몇 걸음 떨어져 있었다. 장진도 태호를 기다려 주고 있었다. 말소리가 들릴 만한 거리는 아니었다.

"망했다."

어쩌 노아한테는 말이 나왔다. 슬픔은 나누면 절반이 된다는 말을 실감했다. 털어놓으니 신조는 마음이 조금 가벼워졌다. 그 절반의 무게를 받아 든 노아는 그만 부잔교로 주저앉고 싶은 얼굴이 됐다.

# 출항

아무래도 노란 종이가 마음에 걸렸다.

보자마자 눈에 불이 나서 잡아떼 버렸다. 와락 구겨서 주머니에 쑤셔 넣고는 그대로 마리나에서 나와 버렸다.

그런데 아무래도 신경이 쓰였다. 은닉, 형벌, 압류, 훼손 그리고 법원. 그깟 종이 한 장이 뭐 대수라고. 배짱 좋게 넘기고 싶지만 잘 되지 않았다. 참 이상한 일이었다. 그런 건 처음 보았고, 세상에 그런 게 있는 줄도 몰랐고, 사회 탐구는 다른 모든 영역과 마찬가지로 천우와 가까워지기 어려운 영역이었다. 그런데도 노란 종이에 적힌 글이 단숨에 이해 갔다. 형벌? 그렇다고 설마 이 종이 한 장으로 사람을 감옥에 보낼까? 상식적으로 그건 말이 안 된다는 생각이 들었다. 하지만 천우가 아는 상식은 더 이상 통하지 않는 터였다. 어쩌면 압류 통고장을 뗀 일로 엄마 아빠가 더한 곤경에 빠질지도 몰랐다. 그러게 왜 멍청하게 망해 가지고, 쌤통이다. 그렇게 가 버리면 그뿐이었다. 그게 이천우다웠다.

그런데 쉽게 걸음이 떨어지지 않았다. 이럴까 저럴까 망설이는 사이에 큰아버지가 보내 준 기차표는 날리게 됐다. 어차피 욕을 먹게 생겼다. 천우는 결국 마리나로 걸음을 돌렸다. 입속으로 온갖 욕지거리를 하면서 철문을 거칠게 밀고 계류장으로 들어섰다.

그런데 천우신조호에 누가 있었다. 천우는 놀라서 그만 걸음이 멎었다. 부잔교를 걷는 발소리에 천우를 돌아본 것은, 다름 아닌 동생 신조였다. 천우가 할 말을 잃고 있는데, 신조는 그럴 줄 알았다는 얼굴이었다. 놀라는 기색이라곤 없이 선실에 대고 큰 소리로 외쳤다.

"왔다!"

그러자 노아가 불쑥 나타났다. 그리고 서장진과 어떤 남자애, 심지어 개도 있었다. 남자애는 천우를 보고 자못 반갑게 손을 흔들기까지 했다. 황당하기 짝이 없었다.

"뭐고?"

천우는 겨우 그렇게만 물었다. 노아가 태연히 말했다.

"요트 타자메?"

천우는 요트라는 말을 생전 처음 듣는 것 같았다. 그제야 스토리 생각이 났다. 우리 요트 탈래?

설마 그 스토리 때문에? 어처구니가 없었다. 그건 스토리잖아.

나는 이천우잖아. 그건 그냥 허세였다. 언제 밥 한번 먹자 하는 소리보다 못한 허세일 뿐이었다. 그걸 보고 정말 누가 올 줄은 몰랐다. 천우 자신도 요트로 되돌아올 생각이 없었다.

더구나 신조는 그 스토리를 보지도 않았을 터였다. 다정한 남매는 못 될지언정 서로의 인스타를 모르는 척해 줄 만한 예의는 지키는 사이였다.

노아가 그 스토리를 봤다는 건 천우도 알고 있었다. 아까 목록에서 노아와 강고은의 흔적을 보고 식겁해서 스토리를 지워 버렸던 터였다. 서장진에 대해서는 기억이 없었다. 천우는 서장진이 자기 인스타를 팔로우하는지 어떤지도 몰랐다. 다른 남자애야 말할 것도 없었다. 모르는 애 같았다가, 낯이 익은 것 같았다가, 겨우 기억이 났다. 여름 방학이 시작되기 며칠 전에 전학 온 애였다. 아주 가지가지였다.

노아가 못마땅한 듯 눈을 흘기며 말했다.

"맨날 지가 불러 놓고 지가 제일 늦게 오지."

그때 또 새로운 얼굴이 나타났다. 처음 보는 여자애가 소리를 질러 대며 부잔교를 따라 뛰어오고 있었다.

"잠깐만! 잠깐만! 기다려라! 같이 가자!"

모두 여자애를 돌아보았다. 다들 모른다는 얼굴이었다. 그러나 여자애는 천우신조호 앞에서 걸음을 멈췄다.

"뭐고?"

천우가 물었다. 여자애는 숨을 몰아쉬느라 말이 나오지 않는 듯 휘휘 손을 내젓다 요란하게도 큰 숨을 토해 내고서야 다시 입을 열었다.

"아, 다행이다……. 요트 놓칠까 봐 죽자고 뛰어왔다."

"니 눈데?"

천우가 다시 묻고서야 여자애는 아차 하는 얼굴이 됐다.

"아, 미안. 니는 내 모르제? 나는 니 쫌 아는데."

어딘가 놀리는 말투였다. 천우는 좀 더 날을 세워 물었다.

"그러니까 니가 눈데?"

"아, 미안, 미안. 나는 류다. 민류. 고은이 친구. 내 얘기 못 들어 봤나?"

들어 봤다. 특이한 이름이라 기억에 남아 있었다. 무슨 인터넷 작가랬나, 뭐랬나……. 같은 학교는 아니라고 했는데. 아무튼 고은의 친구인 것만은 틀림없었다. 천우는 저도 모르게 부잔교 저편을 살폈다.

그런데 류가 말했다.

"고은이는 안 온다. 가스나가 바람만 넣고 변덕이잖아, 갑자기."

천우는 하마터면 실망스러운 한숨을 토해 낼 뻔했다. 아니, 아니다. 고은에게 이런 꼴을 보이고 싶지는 않았다. 마음이 난장판이었다. 그 스토리에 마리나로 몰려온 애들 중에 강고은이 없어 다행이었고, 또 강고은이 없어 서운했다. 이게 다 망할 요트 때문이었다.

애초에 마리나에는 다시 발을 들이지 말았어야 했다. 스토리도 마찬가지였다. 그러고 돌아온 거야 말할 것도 없었다.

그런데 신조마저 가지가지들 못지않게 속없는 얼굴로 류를 반겼다.

"그래도 언니는 요트 탈라고 온 거제?"

"당연하지. 요튼데!"

류는 요트의 이응이 나오자마자 이미 고개를 주억여 대고 있었다. 전학생도 친한 척 말을 보탰다.

"얘가 요트를 몰 줄 안대. 대단하지 않아?"

신조를 가리키며 한 소리였다. 류가 감탄할 거라 기대하는 얼굴이었다. 그런데 류가 말했다.

"나도 요트는 쫌 안다."

그 말에 가장 반색한 것은 신조였다. 류는 대수롭지 않다는 듯 어깨를 으쓱했지만, 표정은 그와 전혀 달랐다.

"우리 아빠가 요트 딜리버리 일을 하셨거든. 나도 옆에서 쫌 배웠지. 아니, 많이 배웠지."

"딜리버리? 그럼 요트를 배달하는 거야? 어떻게?"

전학생은 눈을 휘둥그레 떴다. 장진도, 노아도 궁금한 얼굴이었다. 천우와 신조야말로 깜짝 놀라고 말았다. 딜리버리가 무언지 아니까 더욱 놀랄 수밖에 없었다.

요트를 샀다고 당일 배송 택배 같은 게 될 리는 없다. 대부분 바다를 통해 직접 요트를 몰아서 가져와야 한다. 해외에서 구입하는 경우가 많기 때문에 대한 해협, 때로는 더 큰 바다를 건너야 한다. 아무나 할 수 있는 일이 아니고, 처음 요트를 구입한 사람들은 대부분 그런 실력이 못 된다. 그래서 실력자들에게 요트 배달을 맡기는 경우가 많다. 그게 요트 딜리버리다.

그런 류도 천우신조호에 감탄했다.

"야, 요트 좋네. 이 정도면 세계 일주도 하겠다. 아, 부럽다."

류가 그렇게 말하며 신조를 돌아보았다. 신조는 얼른 눈을 피했다. 다른 애들은 몰라도 천우는 알아차렸다. 신조의 그 마음을 모를 수 없었다.

처음 요트를 샀을 때는 다 같이 언젠가 세계 일주를 하자는 말도 나왔다. 그러다 필리핀이 됐고, 대마도가 됐고, 제주도가 됐다. 결국 거제도까지 한 번 갔다 온 게 다였다. 천우의 마음도 그랬다. 처음에는 혼자서 세계 일주를 했다는 요트 유튜브를 정주행하느라 밤을 새우기도 했는데 어느새 요트에 타자마자 해먹에 드러누워 버리게 됐다.

그래도 신조는 한결같았다. 요트 운전을 배우겠다고 했고, 정말로 배웠다. 엔진이 없는 소형 요트인 딩기 요트 과정을 수료하고 엄마 아빠한테 크루저 요트 운전도 배웠다. 드디어 나이 제한을 넘게 되는 올겨울에는 크루저 요트 운전면허를 따겠다고 했다. 이미 요트를 몰 줄도 알았다.

그러고 보니 신조의 헤어 스타일이 달라져 있었다. 늘 허리에 닿을 듯 치렁치렁하던 머리를 아주 싹둑 잘라 버렸다. 신조가 언제부터 그러고 다녔는지도 천우는 몰랐다. 지난번에 요트를 탔을 때는 긴 머리였다는 것만 기억이 났다. 아직 물이 좀 차다 싶은 날씨였는데도 엄마랑 신조는 기어이 스노클링을 했다. 그러고 갑판으로 올라오는 신조한테 아빠가 물귀신이네 어쩌네 하던 기억이 났다. 고작 몇 달 전 일이 전생처럼 아득했다. 그리웠다. 그딴 게 그리울 줄은 몰랐다. 그게 마지막이 될 줄은 꿈에도 몰랐다.

마지막, 그 흔해 빠진 생각에 그만 눈이 뜨거워졌다. 혹시 누가 볼까 천우는 얼른 돌아섰다. 신조의 다급한 목소리가 날아들었다.

"어디 가노?"

그러게. 어디로 가지? 천우는 막막했다. 대구로 가는 기차는 이미 놓쳐 버렸다. 그래도 부산역으로 가기만 하면 다음, 그다음 기차가 줄지어 올 터였다. 그래 봤자 큰아버지 댁이었다. 막다른 길이었다.

"가긴 어딜 가?"

그렇게 되물으며 천우는 다시 요트로 돌아섰다. 신조를 마주 보았다. 정말로 흔치 않은 일인데, 천우는 신조의 마음을 다 알 것 같았다. 그처럼 눈이 붉어져 오는 것 같았다. 갑판에 선 가지가지들에게로 얼른 눈을 돌리며 말했다.

"딱 한 시간만."

크게 어려울 것 없었다. 천우신조호는 기본적으로 싱글 핸디드 세일링이 가능할 만큼 자동화된 시스템을 갖추고 있었다. 돛을 펼치지 않는다면 더욱 간단했다. 그 정도는 신조에게 어려운 일이 아니었다. 이미 여러 번 해 본 일이었다. 엄마 아빠가 곁에서 지켜보고 있기는 했지만, 혼자서 출항도 하고 입항도 했다. 아빠가 그 일을 얼마나 떠벌리고 다녔는지 몰랐다.

"한 시간?"

신조가 불만스레 물었다.

"에이."

류도 실망하는 소리를 보탰다. 천우가 생각하기에도 한 시간은 야박했다. 그걸로는 퍼블릭 요트 체험이나 다름없었다. 아직 해가 중천이었다. 일몰까지 여섯 시간도 넘게 남았다.

"아, 몰라. 그럼 밤새우든지."

그렇게 말하며 천우는 갑판으로 올라섰다. 부잔교와 갑판 사이에 걸쳐 있던 디딤판을 치우고 출입구에 체인을 걸었다. 그쯤은 천우도 할 줄 알았다.

# 천우신조호

그들은 그렇게 바다에 있었다. 한배를 타고 있었다.

요트 주인 천우와 신조, 천우의 친구 노아, 친구라기에는 애매한 같은 반 장진, 전학생 태호, 고은의 절친 류.

한배를 타다. 국어사전은 그 뜻을 같은 입장이 된다는 비유적 표현이라고 정의한다. 그것이 널리 쓰이는 의미일 테다. 하지만 그들은 말 그대로 한배, 그러니까 같은 배를 타고 있었다.

천우신조호.

프랑스 선박 회사 라군에서 건조한 블루웨이브 306 모델. 40마력의 엔진 두 개를 장착한 4.0피트급 캐터머랜 크루저 요트. 엔진만으로도 5마력가량의 속도를 낼 수 있고, 메인 돛과 지브 돛으로 범주하면 그야말로 바람처럼 달릴 수 있다. 혼자서도 운항이 가능할 만큼 최신 자동화 설비도 갖추고 있다. 닻을 내리거나 돛을 펼치고 접는 것은 물론, 돛을 조정해 항해하는 세일링까지 조타실에서 혼자 해낼 수도 있는 것이다. 규모도 어지간한 퍼블릭 요트 못지않다. 맥시멈 빔, 그러니까 선체 폭만도 25피트에 달한다. 세 개의 선실에 화장실이 두 개, 간단한 풍력 발전기에다 바닷물을 식수로 바꾸는 조수기도 장착되어 있다. 규모나 설비로만 보자면 세계 일주도 못 할 게 없다 할 만했다.

하지만 천우신조호는 여름내 8번 계류장을 지키는 처지였다. 매물로 나온 지 오래인 옆 계류장 블루드림호 덕분에 혼자인 신세나 겨우 면했다. 고은을 데려가 갑판에서 셀카를 좀 찍은 천우가 유일한 승객이었다. 신조는 육지에 묶여 있는 요트 꼴을 보느니 차라리 서울 이모네서 지내다 왔다. 그러다 바다니 세일링이니 한가한 소리는 꿈도 못 꿀 상황이 되고 말았다.

그렇게 한동안 방치된 천우신조호는 몰골이 말이 아니었다. 그저 행색만 추레한 게 아니었다. 운항할 수 없다는 경고까지 붙어 있었던 것이다. 하지만 그 사실을 아는 건 천우뿐이었고, 아무튼 그건 후갑판 출입구 체인에 나붙은 종이 한 장이었다. 천우신조호는 육지의 법 따위 알 바 아니라는 듯 유유히 마리나를 떠났다.

그렇다고 당장 툭 트인 바다는 아니었다. 광안대교 교각들이 건물처럼 버티고 서 있었고, 바싹 붙어 선 마린시티의 고층 건물들은 당장 그 바다를 덮칠 듯했다. 휴일의 고속도로처럼 수평선을 따라 대형 선박이 줄지었고, 한낮이 되도록 작은 어선도 돌아다

녔다. 그 사이로 모터보트가 굉음을 울리며 달리는가 하면, 사시
사철 꽃 피는 동백섬을 부르짖는 유람선도 분주했다. 8월 말이라
도, 부산 앞바다는 여전히 한여름이었다. 제트 스키에 딩기 요트
에 윈드서핑 보드, 그리고 패들 보드까지 빠지지 않았다. 물론 요
트도 많았다. 대부분 부담 없는 요금으로 한두 시간 승객을 태우
는 퍼블릭 요트였다. 하지만 퍼블릭 요트가 돛을 올리는 일은 거
의 없다. 돛을 펼칠 자리에 차라리 손님을 하나라도 더 받는 게 낫
고, 엔진으로 요트를 몰 뿐 세일링은 할 줄 모르는 경우도 많다.

천우신조호도 돛을 접어 둔 채 엔진으로 마리나를 떠났다. 그래
도 바다였다. 육지를 벗어났다. 얕은 물에서 튜브에 몸을 싣기만
해도 마음이 떠오르게 마련인데, 육지를 뒤로한 채 파도를 타고
있었다. 해운대 해수욕장을 등지고 오륙도 쪽 열린 바다로 향하
자 제법 풍랑을 헤치며 항해하는 기분을 느껴 볼 만했다. 천우신
조호는 수평선을 넘기라도 할 듯 곧장 나아갔다. 계류장에 방치
된 지 여러 달이 지난 요트에게는 무모하기 짝이 없는 도전이었
다. 그리고 거기에는 으레 대가가 따르는 법이었다.

3부

그날의
바다

# 안개

안개 속에 갇혔다.

이 또한 비유적인 의미가 아니었다. 천우신조호는 안개의 바다에 갇혀 있었다.

바다에서 밤을 보냈다. 애초에 그러려던 건 아니었다. 신조는 두세 시간이면 될 줄 알았다. 의논해서 시간을 정한 건 아니지만, 다들 그쯤 예상했을 터였다. 하여간 일몰 전에 마리나로 돌아가는 거야 당연한 사실이었다. 그런데 아침이 되도록 바다였다. 어둠이 걷힌 자리에 짙은 안개가 찾아와 있었다. 저울로 달 수도 있을 것처럼 묵직한 안개였다. 그 누구도, 무엇도, 스마트폰 신호마저 그 안개를 뚫지 못하고 있었다.

모두 제 잘못인 것 같아 신조는 눈 둘 데를 찾지 못했다. 누구라도 신조를 두둔하기 어려운 상황이기는 했다. 천우가 올린 스토리를 보고 다들 제 발로 마리나로 모여들었다. 하지만 신조가 자신 있다 나서지 않았다면 실없는 장난으로 끝날 일이었다. 압류 통고장을 숨긴 건 천우였지만, 사정을 봐 달라고 애원한 건 천우가 아닌 신조였다.

이렇게 될 줄은 몰랐다. 진심코, 맹세코. 신조는 그런 생각이 들었지만, 그렇게 생각하는 자신이 싫었다. 몰랐다고? 하지만 이렇게 됐잖아. 이렇게 만들었잖아! 그건 엄마와 신조 사이에 오갔던 말들이었다. 마지막, 무엇의 마지막인지조차 혼란스러운 마지막 밤에 엄마는 울면서 사과했고, 신조는 따져 물었다. 그 말들이 신조에게로 달려들고 있었다. 몰랐다고?

모르긴 했다. 신조는 천우의 스토리조차 보지 못했던 터였다. 우연히 하필이면 그때 신조도 마리나로 향했을 따름이었다. 아니, 실은 우연도 하필도 아닐 테지만.

우리 요트 탈래?

어이가 없었다. 크루저 요트 운전면허를 취득하려고 작정하고 있던 신조와 달리, 천우는 요트에 별 흥미가 없었다. 처음에는 그래도 조타실에 꽤 드나들었는데 얼마 못 갔다. 딩기 요트 강습도 아빠의 강요로 마지못해 1단계를 수료한 게 다였다. 요트를 타고 바다로 나가도 천우는 해먹에 드러누워 스마트폰만 들여다봤다. 그러다 아빠랑 큰소리나 안 나면 다행이었다. 갑판에서 몰래 담배를 피우다 걸려서 야단이 난 적도 있었다. 천우가 좋아하는 건 오로지 인스타그램용 셀카였다.

끝내 셀카였고 인스타그램이었다. #우리집요트 노아에게 사정을 듣고 보니 여전히 이천우는 이천우였다. 그 사실에 신조는 조금 안심이 되기도 했다. 신조와 달리, 천우는 대구 큰아버지네로 가게 되어 있었다. 그래도 여전히 인스타그램에 허세를 부렸다니 다행이다 싶었고, 그저 단순한 허세만은 아니지 싶어 마음이 아팠다.

그래 놓고 뒤늦게 나타난 천우는 신조보다 더 당황한 얼굴이었다. 노아가 증거를 제시하겠다는 듯 인스타그램을 열었지만 벌써 스토리를 지운 뒤였다.

그때 이미 신조의 마음은 육지를 떠나 있었다. 정말이지 어쩔 수 없는 일이었다. 그때까지만 해도 신조는 천우가 떼 버린 압류 통고장에 대해 몰랐지만, 그럼에도 그것은 마지막이었다. 더할 나위 없는 마지막, 아마도 마지막 항해. 자꾸 눈물이 솟으려 해 신조는 그저 큰 소리로 외치는 수밖에 없었다.

#요트탈사람

그런데 여름내 계류장에 방치되어 있던 천우신조호는 그저 겉모습만 허름한 게 아니었다. 한참 바다로 나가 있는데 갑자기 통째로 전원이 나가 버렸다. 어느덧 안개가 피어오르는 저물녘이었다. 해운대도 마린시티도 불투명 유리 너머 세계처럼 아스라했다.

당연히 구조 요청을 하려고 했다. 그런데 천우가 압류 통고장을 꺼내 보였다. 혼자 압류 통고장을 떼어 버리고는 지난봄에 찍은 셀카를 스토리로 올렸던 것이다. #돛을올려버려

'이를 처분 또는 은닉하거나 이 압류표를 훼손하면 형벌을 받게 됩니다.'

압류 통고장의 문구를 스마트폰으로 검색해 봤지만 정확히 이해하기 어려웠다. 그래도 간단히 야단맞고 끝날 일이 아니라는 사실은 알 수 있었다. 다름 아닌 법원의 이름으로 내려진 선고였다. 신조는 구조 요청을 하기 전에 조금만 기다려 달라고 사정했고, 노아가 편을 들었다. 항해 경험이 있다는 류도 거드는 소리를 했다. 비상 발전기가 있지 않나? 개를 계류장에 두고 온 태호는 특히 발을 동동 굴렀다.

그냥 버려두고 온 건 아니었다. 마침 갈매기사랑호가 정박 중이었다. 주인들은 없었다. 하지만 개를 세 마리나 키우는 집이라는 사실을 신조는 알고 있었다. 하루라도 요트에 들르지 않는 날이 없는 사람들이기도 했다. 태호도 개 때문에 요트 탈 기회를 포기하기는 싫은 눈치였다. 결국 태호 개 월이를 갈매기사랑호 갑판에 묶어 둔 채 쪽지를 남기고 떠났던 터였다.

**개 좀 잠깐 부탁드려요. -천우신조호**

오히려 천우가 겁 없이 큰소리였다. 내가 다 책임지면 되잖아! 신조는 날 선 소리를 할 수밖에 없었다. 뭘로 책임져? 니 돈 있나? 거기에 노아가 묵직한 한마디를 던졌다. 니가 그래 봤자 우리도

이미 엮였다.

　신조는 어떻게든 방법을 찾으려 했다. 딜리버리 일을 하던 아빠 덕분에 여러 차례 먼바다도 항해해 봤다는 류를 믿는 마음도 컸다. 구조 요청이야 언제든 할 수 있었다. 스마트폰도 그렇거니와, 당장 눈에 보이지는 않지만 주변에 배들이 많았다. 스마트폰에 깔아 둔 앱으로도 그 정도는 간단히 확인할 수 있었다. 운항 중인 선박도 여럿이었고 정박 중인 선박의 아이콘이 겹겹이 쌓여 있는 곳도 있었다. 그러나 천우신조호는 그 속에서 사라졌을 터였다.

　신조와 류가 어깨너머로 배운 지식에 요트 매뉴얼을 뒤져 가며 나름대로 애를 썼지만, 전원이 켜질 기미라곤 보이지 않았다. 그러는 사이 어둠이 찾아왔고, 스마트폰으로 카톡이 날아들기 시작했다. 니 어디고? 안 오나? 왜 전화를 안 받노? 기차 탔어? 무조건 반사처럼 이런저런 핑계들을 댔고, 그러다 더는 안 되겠다며 태호가 119를 눌렀을 때는 아무도 말릴 수 없었다. 그런데 통화 연결이 되지 않았다. 누구의 스마트폰도 육지의 신호를 잡지 못했다. 그렇게 온통 안개에 휩싸인 아침에 이르러 버렸다.

# 노아

"어떻게 이렇게 아무도 없노?"

노아는 걱정을 담은 소리를 하며 한숨을 내쉬었다. 의연하게 굴려 애쓰고 있었는데, 저도 모르게 한숨이 흘러나왔다.

갑판은 무거운 분위기에 휩싸여 있었다. 단지 분위기만이 아니라 안개의 무게에 짓눌려 있는 것만 같았다. 그렇게나 막막한 바다는 처음이라고, 류도 말했던 터였다. 기상 악화로 항해 금지령이 내려졌을 거라는 신조의 설명도 있었다. 굳이 항해 지식이 없더라도 짐작할 만했다. 그런 안개 속에서 바다로 나서는 배가 없는 거야 당연한 일이었다.

"그럼 이제 어떻게 되는 거야?"

태호의 말에는 울음이 섞여 있었다. 태호가 그럴 때마다 못 봐주겠다는 듯 노려보던 천우도 묵묵히 안개에 눈을 두고만 있었다. 차분하던 장진도 더는 걱정을 감추지 못했다.

"지금쯤…… 난리가 났겠제?"

어느덧 시간은 9시를 지나 있었다. 월요일, 그것도 개학 날 아침이었다. 집에는 물론이고 학교에도 알려지게 되었다.

"우리 지금…….'"

노아는 인원 파악을 하듯 하나하나 짚어 가며 말을 이었다.

"내하고 장진이하고 태호하고…….'"

그러다 천우에게로 향하던 손가락은 그냥 조용히 내렸다. 천우는 이미 전학 처리된 상태였다. 난리가 났대도 대구에서 났을 터였다.

"아무튼 우리 셋이 동시에 학교에 안 갔잖아."

그러고서 노아가 류를 봤다. 류는 어깨를 으쓱했다.

"나는 학교 걱정은 없다."

그게 무슨 뜻인지 노아는 궁금했지만 묻지는 않았다. 노아에게 류는 큰 관심사가 아니었고, 일일이 궁금한 걸 묻고 어쩌고 할 상황도 아니었다. 노아는 신조에게로 눈을 돌렸다. 신조는 서울로 가게 되었다고 들었다. 학교는? 거기까지는 노아도 몰랐다.

"우리가 같이 있다고 생각을 할까, 어른들이?"

우리,라고 하며 장진은 손가락으로 허공에 애매한 동그라미를 그렸다. 같은 반인 노아, 태호 그리고 장진 자신을 뜻하는 것일 터였다. 노아는 고개를 끄덕였다.

"그렇겠지. 니랑 내랑 태호랑 동시에 집에 안 들어가고 학교도 안 가고……. 그걸 우연이라고 생각하기는 어렵겠지."

"근데 우리가 원래 친한 사이는 아니라서……."

장진이 말끝을 흐리는데, 태호가 이어 말했다.

"우연이 아니라고 생각한대도 그래. 이런 요트에 타고 있을 줄 누가 알겠어?"

"이런?"

천우가 날카롭게 말꼬리를 잡아채는데, 류가 나섰다.

"고은이가 눈치챘을지도 모른다."

고은, 그 한마디에 천우는 입을 다물었다. 류가 말을 이었다.

"느그 셋만 아니라 천우도 나도 같이 요트에 탔다고 생각할지도 모른다. 그러다 보면 신조도 같이 있다고 생각할 수 있겠지. 다른 사람은 몰라도 고은이라면 그럴 수 있다."

"니 여기 탄다고 말 안 했다면서, 고은이한테."

천우가 물었다.

"내가 타고도 남을 애라는 건 고은이가 잘 알지. 그러고 잠잠하게 넘어갔으면 모르겠는데, 일이 이렇게 됐잖아. 느그 셋이 학교에 안 가서 난리가 나면 고은이가 그 스토리 생각을……. 아, 맞다. 그리고 내가 어젯밤에 우리 엄마한테 고은이네서 자고 간다고 핑계를 댔거든. 우리 엄마가 고은이 번호는 모르는데, 아무튼 내랑 연락이 안 되면 결국 어떻게든 고은이한테 연락을 하겠지.

그렇게 되기 전에 고은이가 눈치를 챌 거다. 고은이가 얼마나 촉이 좋은데."

"고은이가 촉이 좋다고?"

천우가 엉뚱한 소리를 하는데, 태호가 무시하듯 류에게 물었다.

"그러니까 우리가 이 요트에 타고 있다는 걸 어른들이 이미 알 거라는 얘기야?"

"응. 이미 알거나, 곧 알게 되거나."

"그러면 어떻게 되는데?"

"조난당했다고 생각하고 수색을 시작하겠지."

"조난?"

장진은 그 말에 새삼 겁먹은 표정이 됐다. 그래도 류는 어깨를 으쓱했다.

"이게 조난이지, 뭐."

말인즉 옳았다. 조난이라는 단어의 뜻을 모르는 애는 없었다. 하지만 그 말의 무게로 요트가 수면 아래로 조금 더 가라앉는 것만 같았다.

노아는 애써 가벼운 투로 다시 입을 열었다.

"내 생각에도 류 말이 맞다. 내가 고은이 촉에 대해서는 모르지만, 상황을 따져 보면 그렇다. 이미 알고 있거나 곧 알게 되거나. 그러니까 너무 겁먹지 말자. 일어난 일은 이미 일어난 일이고, 아무튼 곧 누가 오겠지."

"누가? 언제?"

태호는 재촉하듯 물었다. 그래도 노아는 차분하게 말을 이었다.

"언제일지는 모르지. 안개가 이렇게 짙으니까 수색도 쉽지 않을지 모르지만…… 아무튼 오겠지. 곧 온다. 그러니까 차분하게 기다려 보자. 곧 돌아갈 수 있을 거다."

"곧? 말처럼 쉽겠나? 이런 바다에서 우리가 어디 있는 줄 알고."

그렇게 삐딱하게 굴고 나선 건 천우였다. 신조가 한심하다는 듯 혀를 차며 입을 열었다.

"아무리 해먹에만 드러누워 있었어도 오빠 니는 요트를 탄 시간이 얼만데……. 전원이 꺼지기 전까지는 지피에스 플로터에 항해 기록이 남았다. 해경에서 거기까지는 바로 알 수 있다."

"스마트폰도 그 뒤로 한참 켜져 있었고."

류가 덧붙였다. 그래도 천우는 알아듣지 못하는 눈치였다. 노아도 크게 다르지 않았지만, 그래도 대략 짐작은 갔다.

"그러니까 대충 우리 위치를 파악할 수 있다는 거네?"

노아는 한결 마음이 놓였다. 그 전에도 구조는 시간문제라고 생각하고 있었다. 거기에 전문적인 용어까지 등장하는 설명이 걱정을 덜어 주었다.

하지만 그게 끝이 아닐 터였다. 노아는 천우를 힐금 살폈다. 잔뜩 곤두선 얼굴이었다. 누구라도 한 대 패 주고 싶은 기분을 온몸으로 내뿜고 있었다. 겁을 먹었다는 뜻이었다. 노아가 아는 천우는 그랬다. 몰리면, 쩔리면, 겁이 나면, 천우는 되레 발톱부터 세우는 애였다. 구조가 시간문제라는 말에도 천우의 표정은 풀리지 않았다.

이유가 있었다. 마리나로 돌아간다고 끝이 아니었다. 천우를 기다리는 어떤 결과가 있었다. 어쩌면 노아 자신을 포함한 다른 애들에게도 얼마쯤 그럴 터였다.

그 때문에 지난밤에 신고를 말렸다. 노아도 겁이 났다. 압류, 형벌, 법원. 그게 어떤 결과를 초래할지 짐작도 가지 않았다. 그저 막연히 법적으로 심각한 상황까지 가지는 않을 거라는 생각이 들었지만, 학교에서는 얘기가 다를지 몰랐다. 그건 노아가 그 무엇보다 두려워하는 일이었다. 단 한 줄의 오점도 허락할 여유가 없었다. 노아에게는 완벽한 생기부가 필요했다.

그런데 안개에 휩싸여 있대도 아침이 되며 조금씩 눈앞이 밝아지는 것 같았다. 상황이 눈에 들어오면서 빠져나갈 길도 보였다. 구조 이후에 대해 의논할 엄두도 낼 수 있게 되었다.

"그리고 그 압류 통고장⋯⋯."

노아가 말을 꺼내자 잠시 누그러졌던 분위기에 긴장감이 돌았다.

"생각을 해 봤는데, 방법이 있을 것 같다⋯⋯. 그 압류 통고장을 못 봤다고 하면 될 거 같다."

모두 어리둥절한 표정만 짓고 있었다. 너무도 쉬운 답은, 답이 아닌 것처럼 보이기도 하는 거였다. 노아가 설명을 이었다.

"사실 우리는 다 못 봤잖아. 천우 혼자 봤고, 혼자 뗐고, 그러니까 우리만 모른 척해 주면 된다. 천우도 못 본 걸로 할 수 있다. 그러면 뭐 그냥 겁 없이 요트 몰고 나왔다가 조난당했습니다, 이렇게만 되는 거지. 야단이야 맞겠지만, 그건 어쩔 수 없고."

"김노아!"

천우가 대뜸 노아에게 헤드락을 걸며 환호하듯 외쳤다.

"니가 구세주다, 구세주. 아멘! 할렐루야!"

천우는 노아가 싫어하는 농담까지 했다. 어쩌면 진심인지도 몰랐다. 다른 애들의 얼굴에도 안도한 기색이 떠올랐다. 신조까지 눈물을 글썽거렸다.

"어젯밤에 진작 그 생각을 했으면 좋았을걸! 그러면 구조 요청도 하고, 이미 돌아갔을 텐데!"

태호가 분위기 깨는 소리를 해도 천우는 농담으로 받았다.

"왜, 수업 빠져서 그렇게 아쉽나? 월요일 1교시 뭐였지? 수학?"

"국어……."

그렇게 말하며 짐짓 괴롭다는 듯 머리를 긁고 있는 장진의 얼굴에도 웃음이 떠올라 있었다.

눈앞은 여전히 안개 속이어도 머리 위 하늘은 그새 좀 개어 있었다. 뭉게뭉게 흐르는 안개 사이로 파란빛이 언뜻 비쳤다. 바다는 잔잔했다. 차르륵, 뱃전을 건드리는 물소리가 경쾌하게 울렸다. 파도 소리와는 조금 달랐다.

요트 난간에 안전을 위해 설치된 라이프 라인 너머 바다를 내려다봤다. 물고기였다. 안개빛이 서려 우유를 푼 듯 부드러운 에메랄드색 수면 아래에서 물고기들이 노닐고 있었다. 그러느라 가볍게 물살을 흔드는 소리가 울린 거였다. 열대 바다에 사는 물고기들처럼 화려한 색감을 자랑하는 것은 아니지만, 날렵한 몸짓은 더없이 활기찼다.

신조가 갑판에 쪼그리고 앉아 라이프 라인 사이로 손을 내밀었다. 다 같이 신조를 따라 했다. 가볍게 물결이 일자 노아의 손끝이 바다에 스쳤다.

밤의 기운이 채 다 가시지 않은 바닷물은 기분 좋게 시원했다. 8월 말, 아직은 바다에서 수영을 해도 좋은 때였다. 노아도 몇 번인가 천우신조호를 타고 멀찍이 나와 바다에서 수영을 한 적 있었다. 구명조끼를 입고 있어도 발아래의 서늘한 기운으로 수심이 느껴져 겁이 났지만, 그런 만큼 짜릿하게 즐거웠던 시간이었다. 더 이상 그런 날은 없겠지. 노아는 문득 마음이 무거워졌다.

그때 신조의 한마디가 들려왔다.

"수영할래?"

노아가 신조 쪽으로 고개를 돌렸다. 신조 옆에 있던 장진이 먼저 눈에 들었다. 장진은 열심히 고개를 끄덕이고 있었다.

# 사랑

　장진은 자꾸만 눈살을 찌푸리게 됐다. 가뜩이나 큰 덩치에 인상까지 찌푸리면 사나워 보인다는 엄마의 잔소리가 새삼 떠올랐지만 어쩔 수 없었다. 짙은 안개 탓에 여름 끝의 태양은 그저 어슴푸레한 빛일 따름인데도 자꾸만 눈이 부셨다.

　거기, 신조가 있었다.

　그날도 신조가 있었다. 처음에는 그것이 신조에게 가는 길인 줄은 몰랐다. 그저 고통스러운 기분으로 인강을 틀어 놓고 책상 앞에 앉아서 스마트폰을 하염없이 스크롤하다 이천우 스토리까지 보게 되었다. 우리 요트 탈래? 천우의 스토리는 마린시티의 휘황한 건물을 배경으로 요트 앞에서 찍은 사진이었다. 뱃전에 천우라는 두 글자가 선명했다. 거기에 신조라는 이름이 이어진다는 생각은 미처 하지 못했다. 그건 그저 재수 없다는 단어의 예로 삼으면 딱 좋을 스토리였다.

　시큰둥한 기분으로 인강으로 되돌아갔다. 하지만 재미로야 이 천우 쪽이 나았다. 이도 저도 다 시들해져 책상에서 일어나고 말았다. 엄마 아빠는 친척 결혼식에 가고 없었다. 어디 가노? 소파에 누워 야구 중계를 보고 있던 셋째 누나가 물었지만 장진은 대답하지 않았다. 딱히 어디 간다고 할 것도 없었다. 그냥 잠깐 편의점? 그런 기분이었다. 누나도 대답을 기다리지는 않았다. 이 주째 반 게임 차이로 4위 팀을 추격만 계속하고 있는 롯데 자이언츠가 1회 말에 이미 4 대 0으로 승기를 잡은 참이었다.

　아파트 중앙 출구를 나서면 곧 해안 도로였다. 8월의 마지막 주말, 해운대의 태양은 아직 여름이지만 바람에는 가을의 기척이 실려 있었다. 아파트 상가 편의점으로 들어가려던 장진은 문득 바다로 눈을 돌렸다.

　그때 신조를 봤다. 신조는 기우뚱하게 자란 해송처럼 앞으로 쏠린 자세로 커다란 캐리어를 끌고 해안 산책로를 따라 걷고 있었다. 신조 앞쪽으로 마리나를 알리는 표지판이 높다랗게 걸려 있었다. 장진의 머릿속에 천우의 스토리가 떠올랐다. #요트탈사람

　장진은 그대로 길을 건너 멀찍이 거리를 둔 채 신조를 따라갔다. 그렇게 눈이 부셔 자꾸 눈살을 찌푸리게 되는 바다에 이르러 있었다.

　"진짜? 수영한다고?"

신조가 다시 물었고, 장진은 또 그만 몇 번이나 고개를 끄덕이고 말았다.

"장난하나?"

천우가 어이없다는 듯 그러자 신조가 제 오빠를 노려봤다.

"내가 닌 줄 아나?"

"뭐라카노, 가시나!"

장진은 잠자코 이쪽저쪽 눈치를 살폈다. 요트에 타고부터 내내 그랬다. 따지고 보면 일이 그렇게 된 데에 가장 책임이 적은 입장이었다. 스토리를 올린 것도 아니고, 요트를 몰 수 있다 장담한 것도 아니었다. 그저 분위기에 휩쓸리듯 요트에 탔을 따름이었다. 그런데도 처음부터 눈치가 보였다. 노아야 원래 천우의 절친이고, 류는 요트를 잘 아는 데다 무엇보다 고은의 친구였다. 천우와 류는 처음 보는 사이라지만 '고은'이라는 한마디면 됐다. 천우의 표정이 대번에 달라졌다. 장진도 천우랑 고은이 사귄다는 소문을 듣기는 했다. 그래도 설마 했다. 강고은이 뭐가 아쉬워서? 아이돌 같다 소리 듣는 외모는 아니지만, 고은은 남자애들한테 인기가 많았다. 중학교 때부터 그랬다. 누구나 꿈꿀 법한 여자 친구, 그게 바로 고은이었다. 연애는 모르는 거라더니 과연 그렇구나, 장진은 슬며시 신조에게 눈길을 보냈다.

처음이었다. 어쩐지 똑바로 쳐다보기도 어려웠다. 좋아하는 건 꿈도 꾸지 못할 일이었다. 멀리서 반갑게 보았을 뿐이었다. 중학교 운동장에서도, 영어 학원 셔틀버스에서도, 영화의 전당 매표소에서도, 편의점에서도, 해운대 해수욕장에서도. 장진은 라이프 라인에 등을 기대며 조금 자세를 바꿨다. 눈을 드니 곧장 신조였다.

그때 신조가 놀란 눈으로 장진을 돌아봤다. 장진은 그만 수습할 겨를도 없이 얼굴이 달아오르고 말았다. 그런데 신조의 눈길이 향한 것은 장진이 아니었다. 그 너머, 안개에 잠긴 바다였다. 장진도 따라 돌아보았고 그 소리를 들었다. 다른 애들도 그쪽으로 급히 왔다.

우우우우웅─

아득하게 바다를 울리는 소리였다. 안개를 헤치며 빠르게 다가오는 엔진 소리.

6인승 레저 보트였다. 선글라스를 쓴 남자가 운전대를 잡았고, 뒷자리에 세 사람이 타고 있었다. 보트에 탄 사람들도 천우신조호를 봤다. 뒷자리 여자 중 하나가 손을 흔들며 소리쳤다.

"곤니치와아아아아!"

한마디를 꼬리처럼 늘어뜨리며 보트는 선수를 틀어 천우신조호의 뱃전과 나란히 달리다 빠르게 멀어져 갔다. 그제야 모두 정신이 들었다. 천우가 먼저 팔을 흔들며 소리를 질렀다.

"여기요! 여기! 야! 야아아아!"

다 같이 발을 구르고 손을 흔들며 외쳤다. 그러나 보트는 그대로 안개 속으로 사라져 버렸다.

한동안 넋을 잃고들 서 있었다. 보트가 사라진 자리에서 눈을 떼지 못했다. 보트가 정말 있기나 했나? 다 같이 꿈이라도 꾼 것 같은 기분이었다.

"곤니치와……라고 한 거야? 맞아?"

태호가 여전히 바다에 눈을 둔 채 물었다. 한동안 모두 잠자코 빈 바다만 보고 있다, 노아가 천천히 고개를 끄덕였다.

"응. 맞다. 그랬다."

"뭐야, 일본어잖아! 우리 지금 일본까지 떠내려온 거야?"

태호의 말에 가볍게들 웃는 소리를 냈다. 일본인 관광객이야 해운대에 드물지 않았다. 그중 누군가는 안개 낀 날에도 레저 보트를 탈 수 있는 일이다. 신조가 그렇게 설명하자 태호는 멋쩍게 웃었다.

"하긴, 일본이라니. 나도 참……."

태호는 자신이 얼토당토않은 소리를 했다고 여기는 모양이었다. 하지만 일본이래도 크게 놀라울 건 없었다. 부산에서는 대마도가 제주도보다 가깝다. 맑은 날에는 해운대에서 맨눈으로 대마도를 볼 수도 있다. 쾌속 페리로는 두 시간이 못 되어 대마도에 이른다.

아무튼 배가 다니기 시작했다는 뜻이었다. 눈앞의 바다는 여전히 안개 속이어도 하늘은 아까보다 더 개어 있었다. 해안 쪽은 이미 안개가 걷혔는지도 몰랐다. 하나둘 바다로 나서고 있는 모양이었다.

"신조야, 조명탄 있제?"

류가 묻자 신조는 고개를 끄덕이는 것과 동시에 선실로 움직였다. 류도 따라가더니 둘이서 이것저것 챙겨 나왔다. 조명탄과 호루라기 그리고 망원경이었다.

조명탄은 30센티미터 남짓한 길이의 원통형 막대로, 끝에 동그란 고리가 달려 있었다. 그걸 당기면 큰 소리와 함께 불꽃이 솟는 거였다. 낮이라 불꽃은 눈에 덜 띄겠지만, 소리만은 굉장하다고 류가 설명해 주었다.

하지만 바다는 또 그저 잠잠한 안개 속이었다. 그런데 신조가 다시 말했다.

"수영하고 싶다."

"또 그 소리."

천우는 고개를 절레절레 저었다. 태호도 어이없다는 듯 웃으며 말했다.

"수영은 무슨 수영이야, 여기서."

그러자 천우가 돌연 태호를 흘겨보며 말했다.

"왜 못 하노? 요트에서 노는 게 뭔지도 모르제, 니? 원래 그럴라고 요트 타고 나오는 거다. 그게 진짜 수영이지."

그 말에 장진은 조금 놀랐다.

"요트에 타고 있다가 수영을 한다고?"

"하지, 그럼. 수영도 하고, 스노클링도 하고, 튜브 타고 놀기도 하고, 뭐 할 줄만 알면 스쿠버 다이빙도 괜찮고……."

으스대듯 말하는 천우에게 신조가 핀잔을 주었다.

"칫. 지는 맨날 해먹에 누워 있기만 했으면서."

그래도 신조의 얼굴은 웃고 있었다. 장진은 그만 또 눈살을 찌푸리게 되었다. 얼굴이 뜨거워져 얼른 바다로 고개를 돌렸다. 당장 그 에메랄드빛 바다로 뛰어들고만 싶었다. 그건 장진이 잘하는 일, 천우신조호의 그 누구보다 잘할 수 있는 일이었다.

그런데 천우가 라이프 라인에 걸려 있던 구명 튜브를 하나 떼어 내더니 곧장 바다로 휙 던졌다.

"해라, 수영."

천우가 신조에게 말했다. 정작 신조는 어이가 없다는 듯 쳐다만 보는데 노아가 물었다.

"뭐 하노, 지금?"

"어차피 할 일도 없잖아. 놀면 시간이 잘 가겠지."

"그래서 지금 수영을 하겠다고?"

노아가 다시 묻자 천우가 손을 휘휘 저었다.

"나는 안 한다. 하고 싶은 사람 하라 이거지. 이신조, 그라고 또 있나?"

"진짜 여기서 수영을 해도 되는 거야?"

태호가 궁금한 얼굴로 천우와 신조를 번갈아 봤다.

"수영할 줄 모르나?"

신조가 묻자 태호는 고개를 갸웃거렸다.

"수영장에서야 하기는 하지."

"그 정도면 된다. 구명조끼 입고 하면 되지. 언니 니는?"

신조가 류를 봤다. 류도 고개를 저었다.

"나는 갑판 취향."

그러자 신조가 장진에게 눈을 돌렸다. 오빠 니는? 아마도 그렇게 물을 줄 알았다. 장진이 기대할 수 있는 건 그 정도였다. 그런데 신조가 문득 반가운 얼굴이 되었다.

"맞다. 오빠 니는 수영 잘하잖아."

"나?"

장진은 얼빠진 얼굴로 되묻고 말았다. 세상 그 어떤 일보다 자신 있는 한 가지, 그게 바로 수영이었다. 신조가 그걸 알고 있었다. 기억하고 있었다. 그건 장진이 세상 그 무엇보다 상상할 수 없었던 한 가지였다.

노아도 그 사실을 기억해 냈다.

"맞다. 니 수영 선수였제? 전국 체전에서 메달도 따지 않았나?"

"소년 체전……."

장진이 바로 잡았다. 얼굴이 화끈거려 견딜 수가 없었다. 그만 또 얼른 바다로 고개를 돌렸다.

장진은 수영 선수였다. 5학년 때 처음 출전한 초등부 혼영 경기에서 은메달을 땄다. 그것만으로 장진은 온 바다를 가진 듯 행복했다. 그런데 금메달을 딴 아이에게 부정 출발 의혹이 제기되었다. 그로 인해 여러 가지 일을 겪으며 장진은 질려 버렸다. 장진의 부모도 마찬가지였다. 결국 수영부를 나왔지만, 그렇다고 수영을 관둔 건 아니었다. 날씨가 허락하는 동안에는 아빠랑 일주일에도 몇 번씩 해운대 앞바다에서 아침 수영을 했다. 그런데 아빠의 허리 디스크 때문에 최근엔 수영을 못 하고 있던 터였다.

"잘됐다! 수영 선수까지 있는데 뭐가 걱정이고?"

그러고서 신조가 애들을 두루 보며 설명하듯 말을 이었다.

"원래 우리 엄마 없이는 바다에 못 들어가게 되어 있거든. 근데 수영 선수 있으니까 됐지, 뭐!"

신조는 신이 나서 선실로 들어가더니 온갖 물놀이용품을 꺼내 왔다. 스노클링 고글과 호스, 오리발, 튜브, 비치볼……. 그러다 맞다, 하고 다시 들어가서는 커다란 가방을 질질 끌고 왔다. 장진이 거들면서 보니 생각보다 더 무거웠다. 무언지도 모르는 채 장진은 신조가 부탁하는 대로 가방을 통째로 바다에 던져 넣었다.

가방은 물보라를 일으키며 가라앉더니 곧 꽃이 피어나듯 부풀어 수면으로 떠올랐다. 구명보트였다. 정사각형 모양의 구명보트는 튜브처럼 고무로 된 것으로 네 사람 정도는 충분히 탈 수 있는 넓이였다.

장진은 처음 보는 광경에 눈이 휘둥그레졌다. 그보다 더 놀라운 일이 이어졌다. 풍덩! 신조가 곧장 바다로 뛰어들었다. 장진도 그만 꼬리처럼 뒤따라 바다로 끌려 들어갔다. 신조의 작은 손이 장진의 어깨를 스쳤다. 부드럽게 물 위로 솟는 기척이 났다. 장진도 수면으로 솟구쳤다.

거기, 신조가 있었다.

장진은 눈이 부셔 그만 또 눈살을 찌푸렸다. 인상이 사나워 보일 리는 없었다. 장진은 환히, 어느새 수면에서 반짝이기 시작한 햇살처럼 환히 웃고 있었다.

# 류

결국 모두 바다에 뛰어들었다. 하여간, 철딱서니들……. 류는
기분 좋게 혀를 찼다.

안개가 서서히 흩어지고 그 자리로 햇살이 찾아들기 시작했다.
부드럽게 빛나는 우윳빛 바다 위로 장난스러운 웃음소리와 물소
리가 울렸다. 안개 낀 여름 바다의 완벽한 순간이었다. 수영복이
고 뭐고, 입은 옷차림 그대로 바다에 뛰어들었다. 장진은 구명조
끼조차 입지 않았다. 구명보트에 벌렁 드러누워 발만 바다에 담
그고 있는 천우도 표정이 순해져 있었다. 신조에게 드리워 있던
우울한 분위기도 사라졌다. 노아도 즐거워 보였다. 태호도 개 걱
정을 잊은 듯했다.

누구보다 장진이 빛났다. 수영 선수 출신이라더니 과연 물속의
장진은 돌고래 같았다. 날렵하게 몸을 돌려 물속으로 잠겨 들었

다가 또 어느새 저만치서 불쑥 솟구쳤다. 그러고는 영법을 바꾸어 되돌아오고는 했다. 신조를 향해. 긴 세월 수족관에 갇혀 있던 돌고래가 마침내 바다로 돌아와 일생의 사랑을 향해 헤엄쳐 가는 것 같았다.

더할 나위 없이 명백했다. 절대 숨길 수 없는 한 가지가 바로 사랑이라더니, 그 말이 실감 났다. 그런 생각만으로도 류는 불판 위의 오징어가 되는 기분이었다. 로맨스는 결코 류의 장르가 아니었다.

그 때문에 생업에 지장이 있다는 것이 류의 생각이었다. 중3 때부터 시작했지만 어쩌다 한두 번이었는데, 자퇴를 결심하고부터는 본격적으로 주문을 받았다. '핸콕62'가 스토리피자에서 쓰는 류의 필명이었다. 고객의 주문대로 짧은 이야기를 써 주는 것으로 편의점 알바보다 나은 벌이가 됐다. 더구나 쓰는 일은 류의 장기이자 놀이였다. 그런데 로맨스를 써 달라는 주문이 꽤 많았다. 아이돌이나 만화 캐릭터가 주인공인 로맨스는 그래도 괜찮았다. 어차피 환상이었고 판타지는 류가 가장 좋아하는 장르였다. 문제는 실제 인물과의 로맨스였다. 같은 반 누구, 초등학교 때 첫사랑, 헤어진 누구, 썸남 썸녀……. 말 한마디, 눈길 한 번, 그저 막연한 느낌 하나로 기승전결을 이루는 로맨스는 도통 류의 취향에 맞지 않았다.

그런 의미에서 사랑에 빠진 돌고래와 그 사실을 조금도 모르는 인어 소녀를 관찰하는 일도 류의 입장에서 시간 낭비는 아니었다. 게다가 요트였다. 헐, 즉 선체가 두 개인 캐터머랜이라는 점은 조금 아쉬웠다. 류는 싱글 헐 쪽이 더 좋았다. 그편이 더 요트다웠다. 자동화 설비도 그랬다. 편리할지 몰라도 제 발로 페달을 돌리지 않고서야 자전거를 탄다 할 수 없다는 게 류의 생각이었다. 그래도 싱글 핸디드는 역시 매력적이었다. 혼자 세일링을 할 수 있다면, 혼자 지구 한 바퀴도 못 할 게 없었다. 와이파이만 터져 준다면.

그러나 실상은 부산 앞바다도 오랜만이었다. 요트 딜리버리 일을 하던 아빠가 엄마와 이혼하고 호주로 떠난 것이 이 년 전이었다. 아빠는 언제든 호주로 오라 했고, 어느 집은 가족이 생이별을 해서라도 호주로 조기 유학을 감행한다고 들었다. 하지만 류는 차마 엄마를 혼자 두고 떠날 수가 없었다. 그냥 세일링하는 사람들의 인스타나 유튜브를 구독하거나 했다.

그런데 고은이 천우의 그 스토리를 메시지로 보내 왔다. 혼자 영화를 보고 집으로 가고 있던 류는 곧장 지하철에서 내려 반대편 승강장으로 뛰어갔다. 그렇게 동백역에서 내려 3번 출구로 걸음을 재촉하는 참인데, 고은이 딴소리를 했다. 아무래도 못 가겠다는 거였다. 친구의 남친도 아닌 구남친, 류도 포기하고 집에 가는 게 맞았다.

하지만 류는 그대로 마리나로 향했고, 조금씩 안개가 걷히는 바다에 이르러 있었다. 기어이 자퇴서를 제출한 것 다음으로 잘한 일이었다. 교실을 벗어난 것만으로 후련했는데, 바다였다. 세일링을 못 한대도 요트였다. 류는 기분 좋게 기지개를 켜고는 운동화를 벗었다. 갑판은 뜨거웠지만 머리칼을 흔드는 바람은 꽤 시원했다. 운동화를 손에 들고 혼자 느긋하게 요트를 둘러보았다.

기다란 갑판 중앙에 선실이 자리하고 있었다. 선실을 사이에 두고, 앞갑판이 후갑판보다 넓었다. 앞으로 갈수록 좁아지는 삼각형 모양의 앞갑판 쪽으로 선실 창이 나 있고, 창 아래에 널찍한 쿠션이 소파처럼 있었다. 갑판의 일부분은 바닥을 대지 않고 아래로 바다가 보이도록 그물망 해먹이 설치되어 있었다.

후갑판에도 라이프 라인을 따라 벤치가 놓여 있었다. 후갑판은 좁지만, 접이식의 선실 출입문을 활짝 열면 하나의 넓은 공간이 됐다.

선실 1층은 보통 살롱이라고 부르는 주방 겸 거실이었다. 앞창문 쪽으로는 일자형 싱크대가 있고, 옆 벽면에는 양문형 냉장고와 팬트리가 있었다. 싱크대에는 가스레인지와 전자레인지에 에스프레소 머신까지 있었다. 살롱 중앙 양쪽으로 계단이 나 있는데, 그 아래가 침실 공간이었다. 오른쪽에는 큰 침대가 놓인 선실 하나와 샤워 부스가 달린 욕실이, 반대쪽에는 일인용 선실 두 개와 간단한 샤워도 가능한 화장실이 있었다. 1층 살롱과 아래층 선실 공간을 합치면 20평형 아파트만 한 넓이가 됐다.

그러니 규모의 차이가 있대도 요트란 택배로 배달받을 수 있는 게 아니다. 누군가 직접 가서 요트를 몰아 와야 한다. 그런데 일본과 부산만 해도 가깝대야 큰 바다를 건너야 한다. 가끔 여객선도 사고를 당하는 바다다. 기관 고장이나 기상 악화가 원인이 되기도 하지만, 고래에 부딪혀 사고가 나기도 한다. 류의 아빠가 바로 그런 딜리버리 일을 했고, 덕분에 류도 요트를 꽤 타 보았다. 천우신조호 정도면 아주 준수했다. 제대로 작동하기만 한다면.

그런데 그만 전원이 나갔다. 류나 신조의 실력으로는 도무지 원인을 찾을 수도, 대책을 세울 수도 없었다. 선실 위 조타실의 모든 기기들이 죽어 버렸다. 나침반이야 여전히 남북극을 향해 부지런히 움직이지만, 머물고 있는 위치를 모르니 부산이 어느 방향인지 알 수 없었다. 알아도 소용없는 일이었다. 계기판 아래의 페달에 묶인 여러 색깔 줄이 돛에 연결되어 있지만, 자동화라는 말은 의미가 없게 된 상태였다.

파도에 요트가 한쪽으로 기울자 조타실 뒤창 너머, 선실 지붕 위에 나란히 자리한 붐에서 끼긱대는 소리가 났다.

붐은 요트의 중심에 우뚝 솟은 돛대와 직각을 이루며 갑판과 수평하게 설치된 철 봉으로, 주 돛을 지지하고 조정하는 역할을 한다. 천우신조호만 한 캐터머랜 요트를 움직이는 붐은 정사각 기둥으로 한 변이 20센티미터쯤 된다. 속이 꽉 찬 강철봉이라 무게도 상당하다. 파도에 요트가 기울어지며 아주 조금만 움직여도 붐은 불만에 차 신음하듯 끽끽거렸다. 수동으로 세일링을 하는 방법도 있기는 했다. 하지만 류도, 신조도 그럴 만한 실력은 못 됐다. 실력자라도 혼자서는 무리였다. 적어도 세 사람은 필요했다.

처음부터 찜찜하기는 했다. 요트가 마리나를 떠나자마자 눈치챈 터였다. 갑판은 꾀죄죄했고 선실 문도 뻑뻑해서 힘을 주어 억지로 열어야 했다. 나중에 보니 갑판 위 쿠션 곳곳에 곰팡이도 피어 있었다. 붐 위에 접혀 있는 주 돛은 커버에 싸여 있었는데, 새똥이 아주 덕지덕지했다. 갈매기 떼가 떠난 지 여러 달이 지난 터였다. 그 봄과 여름내 주 돛을 펼친 적 없다는 얘기였다.

그때 돌아가자고 했어야 했다. 후회해 마땅한 일이었다. 하지만 그런 마음이 들지 않았다. 다음번에 의뢰받는 글은 요트와 바다를 배경으로 삼아야겠다는 생각이 들었다. 동의를 얻어 게시한다면 의뢰인은 물론이고 다른 사람들에게도 매력적으로 보일 터였다. 그런 이야기에서는 로맨스도 가능할지 몰랐다. 항해를 소재로 제법 그럴싸한 소설을 써 볼 수도 있을 것 같았다.

류는 앞갑판으로 돌아가 쿠션에 자리 잡고 앉았다. 갑판에서 조금 올라간 형태라 쿠션에 앉으면 바다가 내려다보였다. 바로 눈앞은 꽤 밝아도 먼바다는 여전히 안개에 잠겨 있었다. 수평선이 사라진 세상에서는 하늘과 바다의 경계가 따로 없었다. 안개에 잠긴 바다는 수평선을 지나 하늘까지 파스텔로 칠한 듯 한결같이 아스라한 푸른빛을 띠고 있었다. 아침 같기도, 한낮 같기도 했다. 어쩌면 낮밤의 구분 따위 의미 없는 세상으로 와 버린 건지도 몰랐다. 서서히 졸음이 몰려왔다. 류는 그만 깜빡 잠이 들었다. 오 분? 십 분?

그러다 바다에서 들려오는 비명에 퍼뜩 눈을 떴다. 다시 들린 소리는 그저 즐거운 비명이었다. 왼편으로 기울었던 요트가 잠결에 몸을 뒤치듯 바로 섰다. 파도가 잠시 요트를 흔들었던 것이다. 즐거운 비명에 이어 웃음소리가 들려왔다. 류는 다시 선실 앞 창문에 등을 기대며 수평선으로 눈을 돌렸다.

그런데 눈앞에 뭔가 있었다. 배였다.

자그마한 배가 홀로 떠 있었다. 엄지와 검지로 가볍게 톡 집어 들 수 있을 것 같았다. 선체도, 갑판에 실린 컨테이너의 모양과 색깔도 아주 또렷했다. 그리고 작았다. 정교하게 만든 모형 같았다. 류는 저도 모르게 손을 내밀었다. 하지만 습기를 머금은 바람이 손끝을 스쳐 갈 따름이었다. 그건 먼바다를 지나는 거대한 화물선이었다. 안개로 수평선이 흐려지며 원근감이 사라진 거였다.

그래도 배였다. 마침내 눈앞에 배가 나타났다. 류는 급히 후갑판으로 뛰어가 선실 테이블에 있던 망원경에 조명탄까지 챙겨 들고 앞갑판으로 되돌아갔다. 아직 화물선은 그대로 있었다. 여전히 모형처럼 보였다. 류는 망원경을 눈가에 댔다. 잠깐 초점을 조정하자 눈앞이 또렷해졌다.

그런데 화물선이 사라져 있었다. 망원경을 움직이며 살펴도 마찬가지였다. 다시 맨눈으로 보았지만 바다는 그저 다시 안개 속이었다.

"왜? 무슨 일인데?"

젖은 옷에서 물을 뚝뚝 떨어뜨리며 노아가 다가왔다. 급히 움직이는 류를 보고 궁금해서 갑판으로 올라온 모양이었다.

"아니, 저기……."

그러면서 류가 바다를 가리키는 순간, 배가 다시 나타났다. 여전히 모형 같지만 더없이 또렷했다. 하지만 노아가 놀라 어, 소리를 내는 순간 다시 감쪽같이 사라졌다.

"뭐고, 저게?"

안개 때문이라는 류의 설명에도 노아는 어리둥절한 표정이었다. 아무튼 배가 나타났다는 사실만큼은 분명했다.

"아까 그 보트도 그렇고 화물선도 그렇고, 슬슬 배들이 나오고 있는갑다."

어느덧 오후로 접어들고 있었다. 마리나를 떠난 지 만 하루가 되어 가는 거였다. 이만 물놀이를 접고 집으로 돌아가면 좋을 시간이었다. 사라진 아이들을 찾아 나설 시간도 이미 지나 있었다.

그때 반가운 소리가 날아들었다.

카톡!

선실에서 들려오는 소리였다. 그래도 류와 노아는 그 희미한 소리를 단숨에 들었다. 곧장 후갑판으로 달려가는데 카톡 알림음이 잇달아 들려왔다. 한발 앞서 살롱으로 뛰어 들어간 노아가 제 스마트폰을 집어 들었다. 카톡! 카톡! 기다렸다는 듯 알림음이 이어졌다. 잠금 화면에 메시지가 줄지어 나타나고 있었다. 다른 스마트폰들도 진동을 하고 신호를 울려 대고 있었다.

"무슨 일이고?"

바다에서 천우가 큰 소리로 물었다. 모두 궁금한 눈으로 갑판을 올려다보고 있었다. 류가 소식을 전했다.

"스마트폰 터진다!"

그 소리에 바다에 있던 네 사람은 단거리 경주에 나선 듯 앞다투어 요트로 헤엄쳐 왔다. 천우가 먼저, 마지막이 태호였다. 그런데 허둥대던 태호가 사다리를 놓치고 그만 벌러덩 바다로 도로 빠졌다. 그래도 구명조끼를 입었으니 괜찮을 텐데, 놀란 탓인지 야단스럽게도 고함을 지르며 허우적거렸다. 하필이면 그때 바다가 너울지며 솟아올랐다. 태호는 온통 바닷물을 뒤집어썼다. 갑판의 애들도 비틀거리며 저마다 무언가를 잡고서야 버티고 섰다.

"으이고, 저것부터 좀 건져 온나."

누구에게랄 것도 없이 천우가 하는 말에 장진이 바다로 돌아갔다. 구명조끼를 잡아 태호를 요트로 밀어 올리고, 장진도 뒤따라 올라왔다. 태호는 지옥에서 살아 돌아온 것처럼 넋 나간 얼굴로 갑판에 널브러졌다. 나머지는 모두 노아를 둘러섰다.

노아가 잠금 화면을 해제하고 전화 앱을 열었다.

"어디로 걸지?"

신조가 답했다.

"119?"

고개를 끄덕하며 노아가 번호를 누르기 시작했다. 1, 1, 9. 그리고 통화 아이콘을 눌렀다. '연결 중'이라는 세 글자가 나타났다. 세상 그 무엇보다 반가운 세 글자였다.

하지만 그런 만큼 무거운 세 글자이기도 했다. 류는 벌써부터 엄마 목소리가 귓전을 울리는 것만 같았다. 잔소리 한 번으로 끝날 일이 아닐 터였다. 무엇보다 걱정은 자퇴였다. 우기고 설득하고 조르고 협박하고 애원하며, 겨우겨우 허락을 받았다. 개학 날인 지난 금요일에 자퇴서를 냈다. 그러고는 기다렸다는 듯 대형 사고를 쳐 버린 거였다. 닥치고 학교로 돌아가라고 할까? 학교에서 받아 줄까? 그렇게 될 것만 같았다. 학교에서 큰 문제가 있던 것도 아니긴 했다. 그냥 학교가 싫었다. 하루하루 견디기가 힘들었다. 산소가 부족한 기분이었다.

그런데 연결 중, 거기서 더 이어지지 않았다. 한 칸이기는 하지만 안테나 표시가 나타나 있는데도 통화가 연결되지 않았다. 다른 애들도 저마다 스마트폰으로 통화를 시도했지만 다를 게 없었다. 장진과 천우의 폰에는 안테나 표시마저 곧 사라져 버렸다.

그때 밖에서 신호음이 들려왔다. 띵! 조타실에서 들리는 소리였다. 류는 그제야 기억이 났다. 아까 조타실에서 사진을 몇 장 찍고는 스마트폰을 두고 내려온 거였다.

류가 먼저 움직였다. 다들 급히 류를 뒤따랐다. 조타실로 통하는 나선형 철제 계단은 한 사람이 겨우 지나갈 폭밖에 되지 않았다. 류를 따라 노아, 천우, 그리고 신조가 뒤를 이었다. 다음으로 장진이 걸음을 옮기다 문득 뒤돌아보더니 비틀대는 태호를 앞세웠다. 장진이 태호를 도와 등을 받쳐 주며 맨 뒤에서 계단을 올라가게 되었다. 류와 노아와 천우는 조타실로 들어갔고, 좁은 공간이라 신조는 입구에서 멈춰야 했다. 신조 뒤로 태호와 장진이 계단에 섰다.

류의 스마트폰은 조타실 바닥에 있었다. 계기판에 올려 두었을 텐데 요트가 흔들리며 떨어진 모양이었다. 류가 스마트폰을 집으려고 허리를 굽혔다.

그때 다시 바다가 너울져 왔다. 요트가 왼편으로 크게 기울었다. 류는 그만 중심을 잃고 앞으로 고꾸라지듯 넘어졌다. 조타실 입구에 있던 신조는 문틀에 어깨를 부딪치고 짧은 비명 소리를 내며 주저앉았다.

"괜찮나?"

누가 물었다. 장진이었다. 류는 그렇게 생각했다. 아니 생각이랄 것도 없이 머리에 떠오른 거였다. 혹은 나중에 그렇게 기억하게 되었을 뿐인지도 모른다.

그 순간 요트가 급격히 몸을 일으켰다. 쓰러졌던 것은 다만 도움닫기였다는 듯 온 힘을 다해 반대로 기울어졌다.

투둑.

류는 그 소리를 들었다. 계기판 아래 페달에 묶여 있던 노란 밧줄이 스르르 풀려나는 것을 보았다. 붐에 연결된 밧줄 중 하나였다. 그 또한 그저 기억인지도 모른다.

다만 분명한 것은, 그 순간 들려온 끔찍한 소리였다.

픽!

# 전복

요트는 전복되지 않는다.

간단히 그렇게들 말하곤 하는데, 정확히 말하자면 요트는 오히려 더 잘 기울어진다. 다만 그만큼 스스로 복원한다는 점에서 결국에는 전복되지 않는 것이다.

갑작스러운 너울에도 천우신조호는 전복되지 않았다. 기울었던 만큼의 힘으로 단숨에 몸을 일으켰다. 그 힘을 이겨 내지 못한 밧줄이 풀리며 붐이 움직였다. 갑판과 수평을 이루고 있던 붐이 바다로 급격히 기울었다. 조금, 그러나 충분히 치명적이었다. 붐은 홈런 타자의 배트처럼 선실 지붕 위 허공을 휩쓸고 나선형 계단으로 날아들었다. 비틀거리며 난간을 잡고 몸을 일으킨 장진이 조타실 쪽을 보려고 목을 높이 세운 순간이었다. 괜찮나? 그때, 붐이 장진을 때렸다. 4.0피트급 캐터머랜 크루저 요트를 바람처럼 달리게 하는 주 돛을 매단 강철봉이 장진의 옆머리를 때렸다.

퍽!

장진은 허공으로 내던져졌다. 다행히 혹은 불행히, 아니 다행과 불행의 의미 따위 모르는 순정한 힘의 작용으로 인해 바다로 떨어져 내리던 장진의 몸은 가까스로 라이프 라인에 부딪히고 도로 튕겨 후갑판으로 굴러떨어졌다.

아아아아악!

비명이 터져 나왔다. 신조였을까? 노아였을까? 천우? 류? 태호였을까? 어쩌면 그들 모두였을지도, 혹은 그 누구도 아니었을지도 모른다.

다만 분명한 것은, 장진이 아니었다는 사실이다. 장진은 죽음 같은 침묵에 잠겼다.

# 침묵

천우와 노아는 그대로 무너지듯 조타실 바닥에 주저앉았다. 태호는 계단을 따라 미끄러지다 난간을 부여잡고 매달렸다. 바다가 요트의 선미를 들어 올렸다. 붉은 피가 계단 쪽으로 흘렀다. 조타실 입구에 주저앉아 있던 신조가 비명을 지르기 시작했다.

"비켜라! 비켜 봐라!"

노아가 신조를 밀쳐 내고 조타실에서 나왔다. 태호를 타 넘으며 갑판으로 뛰어내렸다. 류도 뒤따라 나왔다. 천우도 비틀대며 계단을 내려오다, 다시 계단 쪽으로 달려드는 붐을 피해 그만 주저앉았다.

"장진아! 서장진! 서장진!"

노아가 장진을 잡고 흔들었다. 젖은 갑판에 등을 대고 누운 장진은 무력하게 흔들릴 따름이었다. 노아는 장진의 가슴에 귀를 가져다 댔다. 아무 소리도 들리지 않았다. 듣지 못했다. 아니, 그럴 리 없었다. 머릿속에서 둥둥둥 북소리가 울려 대고 있었다. 그 때문에 다른 소리는 듣지 못하는 것일지 몰랐다. 그럴 터였다. 노아는 장진의 코 아래에 손가락을 가져다 댔다. 아무것도 느껴지지 않았다. 아니다. 계단에서 뛰어내리며 무릎을 갑판에 세게 찧었다. 그 때문에 놀라 그만 감각을 잃었을지도 몰랐다. 그럴 터였다.

노아는 몸을 일으켜 세웠다. 두 손을 장진의 가슴에 겹쳐 올렸다. 일, 이, 삼, 사, 오, 육, 칠, 팔, 구, 십, 십일, 십이, 십삼, 십사, 십오, 십육, 십칠, 십팔, 십구, 이십, 이십일, 이십이, 이십삼, 이십사, 이십오, 이십육, 이십칠, 이십팔, 이십구, 삼십. 장진의 입안에 숨을 불어 넣었다. 비릿한 냄새가 끼쳐 왔다. 조금 벌어진 장진의 입에서 피가 흐르고 있었다. 일, 이, 삼, 사, 오……. 노아는 다시 장진의 심장을 압박했다. 피에 젖은 입안으로 숨을 불어 넣었다. 자신이 무엇을 하고 있는지도 모르는 채 로봇처럼 정확하게 움직이고 있었다. 몇 년째 여름 성경 캠프에서 같은 프로그램을 되풀이한 게 결코 헛된 일이 아니었다. 하지만 결과까지 그러하다는 뜻은 아니었다.

"그만해라! 막 그래도 되는 거 맞나?"

천우가 노아의 어깨를 잡아끌었다. 노아는 그대로 무너지듯 주저앉았다. 장진은 여전한 침묵에 잠겨 있었다.

류가 노아를 지나쳐 장진 옆에 무릎 꿇고 앉았다. 무언가를 하려는 듯 손을 내밀다 그만 뒤로 물러앉고 말았다.

"뭐야? 어떻게 된 거야? 뭐냐고!"

여전히 계단에 매달린 채 태호가 소리쳤다. 신조의 흐느낌이 나직이 울렸다. 붐은 그저 제 할 일을 할 뿐이라는 듯 같은 소리로 끼긱대고 있었다. 태호가 울음 섞인 목소리로 다시 물었다.

"무슨 일이냐고!"

누구도, 아무도 대답하지 못했다. 오직 장진만 할 수 있는 대답인지도 몰랐다. 갑판이 흔들릴 때마다 핏줄기가 저주를 담은 상형 문자처럼 이리저리 흘렀다. 바다가 다시 요트를 들어 올렸다. 갑판이 오른쪽으로 비스듬히 기울어졌다. 요트가 자세를 바로잡으려는데 파도가 머리를 들었다. 파도는 장진을 온통 덮치며 핏자국을 말끔히 씻어 갔다. 그러나 장진은 오로지 침묵에 잠겨 있었다.

"주…… 죽은 거가……."

천우가 그 말을 입에 올렸다. 어쩌면 노아의 머릿속에 울리는 소리인지도 몰랐다. 혹은 신조에게, 태호에게, 류에게. 노아는 장진에게서 눈을 떼지 못한 채 흠뻑 젖은 몸을 떨고 있었다. 여전한 여름이던 그 바다는 사라지고 없었다. 핏기가 다 빠져나간 듯 싸늘해진 온몸이 걷잡을 수 없이 와들와들 떨렸다.

"주, 죽은 거냐고…… 진짜……. 노아야……."

천우의 목소리도 떨리고 있었다. 이빨이 딱딱 부딪히는 소리마저 들리는 듯했다. 노아는 간신히 눈을 들어 천우를 봤다. 고개를 젓고 싶었다. 아니라고 말하고 싶었다. 그러나 장진의 심장에서는 아무 소리도 들려오지 않았다. 아니, 그럴 리가 없었다. 그래서는 안 되었다. 노아는 온 힘을 다해 몸을 일으켰다. 다시 장진의 가슴에 귀를 가져다 댔다.

그러나 침묵이었다. 류가 노아를 밀쳐 내고 장진에게 다가앉았다. 크게 숨을 들이쉬고서 장진의 가슴에 귀를 댔다. 그러고는 그만 울음을 터뜨리며 뒤로 물러앉았다 열려 있던 선실 출입문에 머리를 세게 부딪쳤다. 류는 그런 줄도 모르는 것 같았다. 부딪치는 광경을 똑똑히 보고 있던 노아도 그 모두가 어느 먼 곳의 일인 듯 아득했다. 천우가 울음인지 욕설인지 알 수 없는 소리를 내며 두 손으로 제 머리를 쥐어뜯었다.

"말도 안 돼……. 사람이…… 사람이 어떻게 그래? 어떻게 그렇게 죽어!"

태호가 비명을 지르듯 외쳐 댔다. 신조의 격렬한 울음소리가 다시 터져 나왔다. 노아도 그렇게 소리치고 싶었다. 아니라고 소리치듯 울어 버리고 싶었다.

사람이 어떻게 그렇게 죽어?

노아의 귓전에 또 다른 소리들이 들려왔다. 다른 울음들, 다른 비명들이었다. 숭고한 찬송이 울리는 장례 예배의 뒷자리에서 들려오던 소리들이었다. 사람은 그렇게 죽기도 했다. 그러기도 한다고 들었다. 알고 있었다. 그에 대해 목숨 가진 것들이 할 수 있는 일은 없었다. 그렇게 배웠고 그렇게 믿어 왔다.

그렇게 장진은 죽었다. 죽어 버렸다. 그러면 이제는? 그다음은? 노아는 눈을 들어 하늘을 봤다.

어느새 먹구름이 진군하듯 몰려와 있었다. 어쩌면 이미 밤이 찾아온 건지도 몰랐다. 그 너머에 푸른 하늘이 있다는 증거라곤 하나도 없었다.

그런데 검푸르게 일렁이는 수면에 빛이 떠올라 있었다. 어둑한 바다에 나타난 빛은 작지만 또렷했다. 선박등이었다. 바로 가까운 바다에 작은 어선이 있었다. 천우신조호로 다가오고 있는 것 같았다.

"배다!"

먼저 벌떡 일어난 것은 류였다. 류는 노아를 타 넘듯 지나 라이프 라인 너머로 몸을 기울이며 손을 번쩍 들었다.

"여기요!"

그 순간 노아도 튕기듯 일어났다. 류의 팔을 확 잡아 내렸다. 류가 놀라 노아를 돌아봤다.

"와 이라노?"

노아는 대답할 말이 없었다. 왜 그랬는지 스스로도 몰랐다. 그저 반사적으로 움직인 거였다. 그런데도 뿌리치듯 노아를 떨쳐 내고 어선으로 고개를 돌리는 류를 다시 붙잡았다.

"아, 왜!"

"잠깐만!"

"왜 그래? 뭐 해?"

태호도 소리치며 일어섰다. 신조는 구르듯 계단을 달려 내려왔다. 천우도 라이프 라인으로 달려들듯 다가왔다. 모두 묻는 눈으로 노아를 바라보았다. 노아 스스로도 마찬가지였다. 왜?

그때 어선이 고동 소리를 울렸다. 모두 어선을 돌아보았다. 갑판의 그림자는 남자 두 명인 듯했다. 그렇게 느낄 수 있을 만큼 가까워져 있었다. 외치는 소리를 들을 수는 없겠지만, 무언가 신호를 보낼 수는 있었다. 충분히 그럴 만한 거리였다. 갑판의 두 사람은 마치 천우신조호를 보고 있는 것만 같았다. 부르면 달려올 터였다. 도울 터였다. 하지만 또한 물을 터였다.

"잠깐만…… 잠깐…… 잠깐 생각 좀 하자, 우리."

노아는 그제야 알았다. 답을 찾아야 했다. 그 잠깐이 필요했다.

"무슨 생각?"

천우마저 다그치듯 물었다. 천우신조호로 향하는 것 같던 어선은 비스듬한 각도로 움직이며 서서히 멀어지고 있었다. 류가 다시 어선을 돌아보았다.

노아는 급히 입을 열었다.

"잠깐만…… 뭐라고 할 건데? 어쩌다가……."

저도 모르게 장진을 향하던 눈길을 얼른 돌리며 노아가 말을 이었다.

"……이렇게 됐냐고 하면 뭐라고 할 건데?"

"뭘 뭐라고 해! 다 내 때문이라고 해라! 내가 미친놈……."

노아는 천우의 말을 날카롭게 잘랐다.

"그러면 다 될 거 같나! 니가 뭘 책임져? 뭘 책임질 수 있는데!"

천우는 발끈해서 입을 열었지만 대답하지 못했다. 노아는 말을 이었다.

"맞다, 니 때문이다. 니가 스토리를 올렸기 때문이고, 신조 니가 진짜 요트를 타자고 했기 때문이고, 류 니가 할 수 있다고 했기 때문이고, 내가 신고를 하지 말자고 했기 때문이고…… 태호 니를 도울라고 장진이 그 자리에 섰기 때문이다. 모르겠나? 우리 다 책임이 있다! 미안하다고 해서 될 일 같나? 애가 죽었다! 사람이 죽었다고!"

"그럼 어쩌겠다는 건데?"

류가 물었다. 노아는 고개를 젓는 수밖에 없었다.

"모르겠다……. 그냥, 잠깐만……. 느그는 괜찮나? 진짜 지금 당장 저 아저씨들을 여기로 불러도 괜찮나? 괜찮은 거가? 난…… 무섭다……."

노아는 애들을 하나하나 보았다. 모두가 침묵했다. 어두운 바다는 끝없이 일렁이는데 파도 소리마저 그쳐 있었다. 어선은 어둠 속으로 서서히 멀어져 갔다. 마침내 빛은 사라졌다.

"사고잖아. 사고였잖아!"

태호가 울먹이며 말했다. 간단하고도 명료한 사실이었다. 하지만 그래서? 그렇다고 모든 걸 용서받을 수 있나?

과실 치사? 고등학교 1학년인 노아와 친구들은 물론이고, 한 살 어린 신조도 촉법소년으로 보호받을 나이는 지나 있었다. 소년법 연구 동아리 신입 회원인 노아의 지식이라야 고작 그 정도였다. 아니, 과실 치사도 지나친 생각인지도 몰랐다. 바다가 일으킨 사고였다. 하지만 요트를 몰고 나오지 않았다면 일어나지 않을 사고였다. 그러니 사람으로 인한 사고였다. 그렇지만 사람이 어쩔 수 있는 일이 아니었다. 그건……. 노아는 출구 없는 수렁에 빠진 것만 같았다. 아니, 그럴 리 없었다. 어떤 문제에도 답은 있게 마련이었다.

미안하다, 장진아……. 노아는 장진을 돌아보며 이를 악물고 울음을 참았다. 생각을, 우선은 생각을 해야 할 때였다.

바로 그때였다.

쿨럭!

장진이 피를 토했다. 갑판에 등을 대고 쓰러진 채 상체를 격렬하게 들썩였다. 쿨럭! 쿨럭! 그러고는 고개를 옆으로 툭 떨어뜨렸다. 입가로 피를 흘리며 부들부들 몸을 떨었다.

살았다.

장진이 살아 있었다. 죽은 듯 갑판에 누워 한사코 목숨을 붙들고 있었다.

노아는 앞갑판으로 뛰어갔다. 모두가 어선이 사라진 쪽으로 달려가며 울고 소리쳤다. 신조가 조명탄을 터뜨렸다.

피융!

먹구름이 놀라 뒤척이듯 움직였다. 그 사이로 드러난 하늘은 아직 푸른 빛을 띠고 있었다. 그래도 조명탄의 불빛은 제법 환했다. 소리가 온 바다에 울리는 듯했다. 순간 바다가 너울지며 갑판을 들어 올렸다. 그럴 뿐이었다. 조명탄의 빛에도, 소리에도, 어선은 돌아오지 않았다. 누구도 천우신조호를 돌아보지 않았다.

그래도 다행이었다. 장진이 살았다. 살아 있었다. 그렇게 생각하며 모두 후갑판으로 되돌아갔다.

그런데 장진이 없었다. 파도에 말끔히 씻긴 갑판에는 핏자국 하나 남아 있지 않았다.

4부

표류

# 후회

수색이 시작되었다.

학교의 다급한 연락에 경찰이 당장 마리나로 출동했다. 그 애들이 정말 천우신조호를 타고 바다로 나간 것으로 밝혀졌다. CCTV를 통해 간단히 확인할 수 있었다. 보건실로 와서 그 사실을 전해 주며 담임이 고은에게 물었다.

"집에 안 가도 되겠나?"

담임의 질문이 끝나기도 전에 고은은 침대에 누운 채 세차게 고개 저었다. 집에 갈 수가 없었다. 학교를 떠날 수 없었다. 어쩐지 마음이 그랬다. 그런데 자꾸 눈물이 나 교실에 있지 못해 보건실에 드러누운 거였다.

"그라지 말고 집에 가라. 어머니한테는 내가 연락 드렸다. 아버지는 지금 가게를 비우실 수가 없고, 어머니도 중요한 회의가 있다카시네. 그래도 되도록 빨리 오신다는데……. 그러면 어머니 오시면 같이 집에 갈래?"

그래도 고은이 대꾸가 없자 담임은 안타까운 얼굴로 한숨을 내쉬고 덧붙였다.

"아무튼 또 뭐라도 알게 되면 선생님이 바로 올게. 좀 쉬어라."

고은도 아는 얘기였다. 엄마한테 이미 연락을 받았다. 엄마는 회의 중에도 계속 카톡을 보내고 있었다. 엄마와 담임의 말이 옳았다. 학교에 드러누워 있을 이유가 없었다. 그런다고 달라질 건 없었다. 그런데도 기분이 그랬다.

그 애들이 바다로 나갔다는 사실을 가장 먼저 알아냈으면서, 정작 고은은 아직도 믿기지 않았다. 당장에라도 애들이 허둥지둥 나타날 것만 같았다. 늦잠을 잤어요. 죄송해요. 집에 급한 일이 있었어요. 새 학교에서 수업 잘 듣고 있는데, 무슨 소리를 하시는 거죠? 예전 학교로 돌아가게 됐어요. 미리 연락하지 못해 죄송해요.

인스타그램에서 눈을 뗄 수 없었다. 보건실 침대에 누운 채 새로 고침을 하고 또 했다. 금방이라도 류의 답장이 뜰 것 같았다. 아, 강고은. 그만 좀 보채라. 요트? 내가 돌았나? 니 구남친 요트에 타게.

류는 천우의 인스타그램 팔로워가 아니었다. 애초에 계정만 있지 인스타그램에 뭘 올리는 일도 없었고, 남의 인스타를 열심히 보는 애도 아니었다. 그런데 고은이 링크를 보낸 거였다. 우리 요트 탈래? 천우의 스토리를 복사해서 붙였다. 그냥 괜히 그랬다. 같이 가자는 메시지도 보냈지만 진심이 아니었다. 진짜 요트를 탈 생각은 조금도 없었다. 고은은 자동차로 창원 할머니네에 가다가도 멀미를 하고는 했다. 배라니, 천우랑 정박한 요트에 잠깐 탔을 때도 속이 울렁거리는 기분이었다. 구남친한테 구질구질하게 달려갈 생각도 물론 없었다. 그것도 난데없이 싸하게 돌아선 구남친이라면 더더욱.

이천우에 대해서는 미워하는 마음조차 갖고 싶지 않았다. 그런 줄만 알았다.

여름 방학이 시작될 무렵만 해도 잘되어 가고 있었다. 여자애 때문에 종일 스마트폰을 들여다보는 남자애들을 비웃는다던 천우가 아침에 눈 뜨자마자 달달한 이모티콘을 보내는 애가 되어 있었다. 통화하다 꼬박 밤을 새운 적도 여러 날이었다. 고은이 아빠한테 야단맞고 울었던 날에는 천우가 전화에 대고 노래를 불러주기도 했다. 손을 잡고 다니는 건 당연했다. 몇 번인가 키스도 했다. 천우가 더 바라면 어떻게 해야 하나, 고은은 속으로 그런 고민을 하고 있었다. 바로 그 무렵이었다.

왜 그런지 한낮이 되도록 천우한테 연락이 없었다. 계속 신경이 쓰였지만 참고 있다가 저녁에 고은이 먼저 메시지를 보냈다. 그랬더니 답장이랍시고 별로 웃기지도 않은 틱톡이 하나 날아왔다. 이제 와서 밀당을 하자는 건가, 고은은 짜증이 났다. 그래서 그냥

"ㅋ"라고만 답장을 보냈는데도 반응이 없었다. 그게 시작이었다. 하루가 되고 이틀이 되고 사흘이 됐다. 견디다 못해 고은이 왜 그러냐고 묻는 메시지를 보냈지만 아무 일 없다는 무성의한 대답만 돌아왔다. 나한테 화난 거냐는 문장을 백만 번쯤 쓰고 지우다, 결국 보냈지만 돌아온 대답은 단 한마디였다. 아니. 그러고는 한 시간쯤 있다가 한마디가 더 왔다. 미안.

다음 날부터는 아예 서로 연락을 안 했다. 그러다 며칠 뒤 편의점 앞에서 마주쳤을 때 고은은 인사도 않고 천우를 지나쳐 편의점으로 들어가 버렸다. 그래도 천우는 잡지 않았다. 고은이 부글부글 속을 끓이며 음료수를 사서 나가 보니 천우는 이미 사라지고 없었다. 방학 중이라도 티가 났는지 현서가 고은에게 물었다. 깨졌나? 고은은 준비한 대답을 했다. 깨지긴 뭘 깨져, 사귄 것도 아닌데.

그리고 개학을 사흘 앞둔 날, 천우가 먼저 메시지를 보내 왔다. 나 전학 간다. 잘 지내라.

보건실 침대에 누워 고은은 그 모든 순간을 후회했다. 그 편의점 앞에서 화를 낼걸. 대체 왜 이러냐고 따질걸. 뭐가 미안하냐고 물을걸. 왜 연락이 없냐고 화라도 낼걸. 보고 싶다고 말할걸. 좋아한다고 말할걸……. 그럴 수 있었던 시간이 다 지나가 버렸다. 소중한 무언가가 떠내려가고 있는데, 그런 줄도 모르고 있었다.

그전에 천우랑 인스타에서 주고받았던 메시지는 이미 다 지웠다. 좋았던 순간은 다 잃었다. 요트의 일을 알게 된 뒤에 새로 보낸 메시지만 남아 있었다. 니 어디고? 답장 좀 해라. 니 진짜 요트 타고 나갔나? 이천우????

그러고 있는데 담임이 다시 보건실로 왔다. 담임을 보는 순간 고은은 또 그만 눈물이 솟았다.

"생각보다…… 간단치가 않을 모양이다. 해경에서 확인을 했는데, 지금 천우신조호 지피에스가 안 잡힌단다. 어제 오후 늦게까지는 기록이 있는데, 그다음부터는 아예 사라졌단다."

"사라져요? 뭐가요?"

설명을 하는 담임도 정확하게는 모르는 눈치였다. 그래도 대략은 알아들을 만했다. 그러니까 해경은 가까운 바다에 있는 모든 선박의 위치를 확인할 수 있는데, 어째서인지 천우신조호를 찾을 수 없다고 했다. 선박끼리 사용하는 통신으로 연락을 해 봐도 전혀 답이 돌아오지 않는다고 했다.

"그러니까 그게 무슨 뜻인 거예요?"

담임은 한숨을 감추지 못한 채 어두운 얼굴로 다시 말했다.

"배에 문제가 생겨서 지피에스가 꺼진 걸 수도 있고, 우리 해경 시스템에 안 잡힐 만큼 멀리 나갔을 수도 있고."

"무슨 문제요? 얼마나 멀리요?"

"그건 잘 모르겠다. 해경에서도 파악 중인 것 같다. 아무튼 수색하고 있다니까 좀 기다려 보자."

담임이 나가느라 문을 여는데 생선조림 냄새가 풍겨 왔다. 어느새 급식 시간이었다. 당연한 냄새였다. 그런데도 고은은 그 냄새가 그렇게 서운할 수가 없었다. 누구의 잘못도 아니라는 걸 알지만, 누구라도 미워하고 싶은 마음이었다.

같은 학교에 다니는 애들이 바다에서 실종되었는데, 아무 일 없다는 듯 온 학교에 음식 냄새가 진동하고 있었다. 그렇다고 급식을 거르고 다 같이 기도라도 해야 한다고 생각하는 건 아니었다. 그런다고 달라질 건 없었다. 그래도 마음이 그랬다. 사는 게 원래이런 건가. 생각이 거기까지 치달았다. 물론 고은도 알았다. 만약 제 친구들이 아니었다면, 천우신조호가 아무 상관 없는 요트였다면, 고은도 다른 애들과 똑같이 생선조림에 가시가 넓네 어쩌네하고 있었을 것이다. 냄새 나는 메뉴 좀 그만 나왔으면 좋겠다고 급식실 화이트보드에 한마디 남기고 있을지도 몰랐다. 그래도, 그럼에도.

고은은 방독면이라도 되는 것처럼 이불을 뒤집어쓰고 또 울었다. 그러고 있는데 현서가 보건실로 찾아왔다.

"해경에서 가까운 선박들한테 전부 연락을 돌렸단다. 혹시 뭐라도 제보 같은 게 있을까 싶어서."

아파트 부녀회장이자 장진 엄마와 가까운 사이인 현서 엄마에게서 나온 소식이었다. 꽤 믿을 만한 소식이었다. 아직까지 제보하나 없다고도 했다. 현서가 고은의 등을 가만히 쓸어내리며 물었다.

"니 괜찮나?"

생선조림 냄새를 폴폴 풍겨도 현서의 손은 다정했다. 그건 꽤 도움이 됐다. 고은은 그만 훌쩍거리면서 털어놓게 되었다.

"내가 이천우 때문에 좀 힘들었다."

나란히 침대에 걸터앉은 채 현서가 고은의 어깨를 한 팔로 꼭 안았다 놓아주었다.

"안다. 이 언니가 연애를 모르겠나? 원래 모쏠들이 이론은 더 쎄다."

"진작 언니한테 물어볼 걸 그랬네."

그러고 있는데 고은 엄마가 보건실로 들어섰다. 엄마를 보자 고은은 다시 울음이 터졌다. 현서가 고은의 등을 가만히 토닥이고는 보건실을 떠났다. 엄마는 아주 오래전 어느 날처럼 고은을 꼭 안아 주었다.

"와 이래 우노? 괜찮다. 요 앞에서 교장 선생님하고 만났다. 경찰이 대대적으로 수색 중이라니까 너무 걱정하지 마라. 곧 찾겠지. 찾을 거다. 집에 가자. 금방 소식 올 거다."

"진짜? 진짜 그럴까?"

"그래, 당연하지. 가자. 집에 가자, 응?"

복도가 소란스러웠다. 수업이 끝나는 시간이었다. 애들하고 마주치기 싫어서 고은은 엄마와 보건실에 좀 더 있다가 조용해진 무렵에야 학교를 나섰다.

텅 빈 운동장에서 축구부 애들이 트랙을 돌고 있었다. 고은은 엄마랑 꼭 팔짱을 끼고 운동장을 가로질러 주차장으로 갔다. 마침 담임 차가 주차장을 나서는 게 보였다. 담임은 혼자가 아니었다. 조수석에는 학년 주임이, 뒷자리에는 교감이 타고 있었다.

해경에 가는 건가? 고은의 머리에 그런 생각이 스쳤다. 그게 아니라도 선생님들은 천우신조호 일로 같이 움직이고 있는 것 같았다. 선생님들에게는 힘든 시간일 테지만 고은은 그게 부러운 생각마저 들었다. 그래도 선생님들은 뭐라도 하고 있었다.

그때 문득 그 개가 생각났다.

"엄마. 그 개 있잖아."

"무슨 개?"

그제야 고은은 엄마가 그 개를 모른다는 사실을 깨달았다. 아침에 그 개를 같이 본 사람은 현서와 현서 엄마였다. 그런 사실조차 머릿속에서 뒤죽박죽으로 뒤엉켜 있었다.

"요트 타고 같이 나간 애 중에 정태호라고, 아무튼 아침에 학교 오는 길에 해안 도로에서 태호 개를 봤다. 지 혼자 돌아다니고 있더라고."

"무슨 소리고?"

설명하기가 어려웠다. 마음이 급하기도 했다. 고은은 확신하고 있었다. 그건 태호 개가 맞았고, 그 개는 도움이 필요했다.

"쌤한테 전화 좀 걸어 줘."

엄마는 어리둥절한 표정으로 스마트폰을 꺼내 고은의 담임에게 전화를 걸었다.

"예, 고은이 어머니."

담임 목소리가 차 안 스피커로 흘러나왔다. 고은이 대답했다.

"선생님, 저 고은인데요. 태호 개 때문에요."

"개?"

뭐라도 하고 싶다면, 그게 바로 당장 할 수 있는 일이었다. 고은은 그렇게 생각했다.

# 태호

거짓말처럼 사라졌다, 장진은.

흔한 비유가 아니라 말 그대로 거짓말처럼, 사실이었던 적이 한 번도 없었던 것처럼.

갑판에는 흔적 하나 남아 있지 않았다. 마치 금방 청소를 끝낸 듯 말끔했다. 바다마저 제물에 만족한 괴수처럼 잠잠해져 있었다. 잠잠해진 바다에는 바람이 비질을 한 것 같은 무늬가 가지런히 이어져 있었다. 그 밖에는 어떤 흔적도 찾아볼 수 없었다.

장진이 있던 자리에서 모두 얼어붙고 말았다. 그러다 먼저 움직인 것은 류였다. 노아도 같이 갑판을 뛰어 돌며 바다를 향해 장진의 이름을 소리쳐 불러 댔다. 그러나 비명에 가까운 소리는 바람에 산산이 흩어졌다. 신조가 선실로 뛰어가 손전등을 들고 나왔다. 먹구름이 짙대도 아직 밤처럼 캄캄한 것은 아니었다. 그렇지만 태호도 스마트폰 손전등으로 바다를 비추며 장진의 이름을 부르고 또 불렀다.

바람이 어찌나 센지 마음처럼 움직이기가 어려웠다. 뱃머리로 향할 때는 보이지 않는 벽을 떠미는 것 같았고, 반대로 움직일 때는 바람에 밀려나지 않으려 온몸에 힘을 주어야 했다. 그러다 오른쪽 통로를 지나는데 무언가가 태호의 발을 잡아당겼다. 머리털이 쭈뼛 섰다. 목이 아프도록 비명을 지르다 젖은 갑판에 발이 미끄러져 엉덩방아를 찧었다. 아픈 줄도 모르고 급히 뒤로 움직이다 벽에 머리를 세게 부딪쳤다. 그제야 보였다.

그건 그냥 구명조끼였다. 누가 벗어 두었는지 통로에 놓여 있던 구명조끼에 발이 걸린 것뿐이었다. 그 사실을 깨닫고도 태호는 움직일 수가 없었다. 온몸이 뻣뻣하게 굳어 버린 것 같았다. 다른 애들이 외치는 소리도 하나둘 그쳤다. 발소리도 들려오지 않았다. 천우신조호는 괴담의 주인공처럼 어두운 침묵에 잠겼다.

태호는 그대로 털썩 드러누웠다. 납작하게 몸을 낮추니 사나운 바람은 피하게 되었다. 그 대신 바다의 움직임이 바로 피부 아래의 일처럼 느껴졌다. 바다는 조용히, 천천히 그러나 확고하게 움직이고 있었다. 직선에 가까운 곡선. 온 바다를 한눈에 보지 않는다면 알아채지 못할 만큼 완만한 곡선으로 너울지고 있었다.

속이 뒤집어졌다. 태호는 몸을 돌려 라이프 라인 밖으로 고개를 내밀고 토했다. 마리나를 떠나고 얼마 되지 않아 멀미 때문에 약을 먹은 터였다. 그러고는 괜찮았는데 다시 못 견디게 구토가 치밀었다. 속을 전부 게워 내고도 진정되지 않았다. 눈물이 비질비질 났다. 구토 때문인지 두통 때문인지, 그게 아닌 무언지 알 수 없었다. 일단 터진 눈물은 멈추지 않았다.

도대체 무슨 짓을 한 거야, 김태호. 스스로에게 화가 치밀었다. 그 마음을 깔아뭉개는 생각도 들었다. 내가 뭘 그렇게 잘못했는데? 그냥 호기심에 한 발을 내디뎠을 뿐이었다. 한두 시간이면 될 거라기에, 혼자 보기 아깝게 내내 눈부시던 여름의 마지막 날 같은 바다이기에.

태호는 가당찮은 짓에 휩쓸리는 애가 아니었다. 언제나 분수에 맞게 살아왔다. 아니, 아직 열여섯이니 자라 왔다고 표현하는 게 맞았다. 그랬다. 그때껏 분수에 맞게 자라 왔다.

초등학교 2학년 때 교통사고로 부모님을 잃은 뒤 할머니 할아버지와 살았다. 그렇다고 어려웠던 건 아니었다. 역무원인 할아버지 슬하에서 풍족하지는 않아도 쪼들리는 날은 없었다. 외로웠던 날이 많았지만, 외롭기만 했던 건 아니었다. 어느 인생이나 그렇다는 걸 태호는 일찌감치 알아챈 아이였다. 고아라고 극적인 감정에 휩싸인 적도, 그런 상황에 내몰린 적도 없었다. 어제와 오늘이 다르지 않은 나날이었다.

그런데 난데없이 부산이었다. 할아버지가 세상을 떠나고 일 년 뒤, 죽집을 운영하며 혼자 살던 이모할머니가 암 진단을 받으면서 도움이 필요해졌기 때문이었다. 죽집도 암 투병도 혼자서는 무리였다. 동생인 태호 할머니가 부산으로 옮겨 와 도와야 하는 상황이 됐다. 태호도 당연히 따라왔다. 그 또한 싫지 않았다.

부산도 전학도 괜찮았다. 오랜 친구들과 헤어지기 아쉬웠지만, 새로운 생활에 설레는 마음도 그 못지않았다. 초등학교와 중학교 내내 빤한 동네, 빤한 얼굴들이었다. 병설 유치원 때부터 알던 애들도 있었다. 그런데 부산에선 모든 게 새로웠다. 음식도 말씨도 하늘도 바람도, 전부. 처음에는 선생님들이 대뜸 화를 내는 줄 알고 놀랐는데, 그게 그냥 말투라는 걸 알고 혼자 웃었다. 급식에 생선이 든 미역국이 나왔을 때도 외국 음식을 처음 맛보는 것처럼 신기했다. 전학생이라고 특별한 관심을 받는 일도 없었다. 좋은 의미로도, 나쁜 의미로도 그랬다.

그런데 방학을 하루 앞둔 날, 태호는 우연히 애들이 하는 소리를 들었다.

요트?

솔깃했다. 안 그래도 해운대 앞바다를 지나는 요트를 신기하게 여기던 참이었다. 넷플릭스에서나 나오는 줄 알았던 요트라는 것이 예사로 앞바다에 떠다녔다. 그런데 앞자리에 앉은 애가 자기 집 요트가 어쩌니 저쩌니 했던 것이다. 새삼스러운 소리도 아닌지 다른 애들은 시큰둥했다. 그래도 방학 때 같이 세일링을 나가자는 말에는 몇몇이 관심을 보였다. 하지만 전학 온 지 겨우 며칠

된 처지로 뭐라 끼어들 입장이 아니었다. 태호는 속으로 그 애 이름만 기억해 뒀다.

이천우.

나중에 인스타그램을 찾아 들어가 보니 과연 요트가 찍힌 게시물들이 있었다. 뱃전에 천우라는 글자도 보였다. 딱히 부럽거나 하지는 않았다. 태호는 닿지 않는 것을 손에 넣으려 꼴사납게 발을 동동 구르는 타입이 아니었다. 그냥 신기했다. 그뿐이었다.

그런데 제대로 엮여 버렸다. 그래도 부산 애들은 어딘가 다를 줄 알았는데, 그저 바다 가까운 도시에 사는 애들일 뿐이었다. 큰 소리치던 류와 신조에게도 대책이 없기는 마찬가지였다. 오히려 한심하기나 했다. 집이 망했다고? 솔직히 태호는 압류 통고장을 꺼내 든 천우와 신조에 대해서도 노아나 장진처럼 안쓰러운 표정은 짓기 어려웠다. 그냥 좀 딱했다. 그 애들은 인생이 바닥으로 추락했다는 듯 심란한 얼굴이었지만, 그게 과연 바닥인지도 의심스러웠다. 요트를 잃었다고? 대부분의 사람들은 요트 같은 걸 가져 본 적 없이 오늘을 살고 내일을 산다. 요트에 타 본 적 없는 사람들이 부지기수다. 요트가 뭔지 잘 모르는 사람도 많을 것이다. 그게 태호가 아는 세상이었다. 전원이 나갔을 때 신고를 했어야 했다. 어선이 나타났을 때 도와 달라 외쳤어야 했다. 더구나 태호는 월이까지 두고 온 입장이었다. 보호소에 있던 애를 데려온 지 한 달 만에 또 내버린 꼴이 된 것 같았다.

태호는 자신에게 화가 나서 미칠 것 같았다. 왜, 내가 왜? 스토리를 올리지도, 요트를 몰고 나오지도 않았고, 요트의 주인도 아니었다. 그런데도 덩달아 겁을 먹었다. 만약이라는 생각에 사로잡히고 말았다. 모르기는 해도 요트는 상상 이상으로 비싼 물건인 것 같았다. 형벌? 혹시라도 그것이 경제적인 대가를 의미한다면? 그래도 할머니들이 어떻게든 해결해 줄 테지만, 태호는 도저히 그렇게 만들 수가 없었다. 장진이 다쳤을 때도 그랬다. 괜찮나? 괜찮은 거가? 노아의 그 말에 대답할 수가 없었다. 겁이 났다.

자신을 앞세우고 뒤에서 계단을 올라오던 장진의 자상한 손길이 생각난 건 아니었다. 자신이 비틀대는 바람에 장진이 등을 밀어 주느라 뒤에 서게 되었다는 사실도 떠오르지 않았다. 장진에게 고맙다고 말하려 했다는 사실도 잊고 있었다. 그랬다면, 정말로 그렇게 말하려고 걸음을 멈추었다면 붐은 장진이 아니라 자신을 쳤을지 모른다는 사실도 생각지 못했다. 그냥 겁에 질려 버렸다. 무엇이 무서운지도 모르는 채 얼어붙었다.

그런데 장진은 피를 흘리며 쓰러진 채 살아 있었다. 그러다 바다로 쓸려가 버렸다. 태호는 다시 라이프 라인 밖으로 머리를 내밀고 토했다. 속이 통째로 쏟아져 나오는 것 같았다.

그때 류가 다가왔다.

"괜찮나?"

굳이 대답할 것도 없었다. 태호는 잠자코 조금 안쪽으로 움직여 몸을 뒤집어 누웠다. 먹구름인 줄만 알았는데 어느새 하늘이 어둑해져 가고 있었다. 류가 태호에게 손을 내밀었다.

"일어나라. 멀미약 먹어라."

태호는 류의 손을 잡고 억지로 몸을 일으켜 앉았다. 류가 주는 대로 멀미약을 입에 넣었다. 필름처럼 생긴 것을 입안에서 녹여 먹으면 됐다. 기분 탓인지 멀미약을 먹자마자 속이 좀 나아지는 것 같았다.

"원래 너울이 더 괴롭다."

류가 말했다.

"너울?"

"응. 온 바다가 구렁이처럼 구불락구불락…… 사람을 잡는다니까. 나는 원래 멀미 안 하는데, 그래도 너울에는 괴롭다. 토하는 건 아니지만 머리가 너무 아프다. 나도 두통약 먹었다."

태호는 좀 당황스러웠다. 류의 태도가 어색하게 느껴졌다. 너무 태연해 보였다. 마치 수학여행 버스에서 멀미하는 반 친구를 대하는 애 같았다. 속을 뒤집으며 괴로워하던 자신이 머쓱하게 느껴졌다. 태호는 류 어깨너머로 눈을 던지며 물었다.

"다른 애들은?"

"니랑 비슷하다. 토하고, 울고…… 그러다 멀미약 먹고 여기저기 널브러졌다. 니도 여기서 이러고 있지 말고 들어가서 제대로 자리 잡고 누워라."

울고, 그 대목에 잠시 쉼표가 있었다. 그러고 보니 류의 목소리가 아까와는 좀 달랐다. 울고 난 다음의 목소리 같기도 하고, 그저 바람 탓인 것 같기도 했다.

"너는…… 괜찮아?"

태호가 물었다. 류는 어깨를 으쓱했다.

"안 괜찮다."

그러고는 바다의 누군가에게 말하듯 멀리 시선을 돌리며 말을 이었다.

"안 괜찮은데, 나는 원래 안 괜찮은 법을 잘 모르는 것 같다."

"뭔 소리야? 그게 무슨 방법 같은 게 있어?"

류는 또 어깨를 으쓱하고는 태호에게 눈을 돌렸다.

"아무튼 누구라도 정신을 차려야지. 그래도 지금은 내가 제일 멀쩡하잖아. 그러니까 너는 들어가서 좀 자라. 다 같이 눈 뜨고 기다린다고 시간이 더 빨리 갈 것도 아니고, 수색하는 사람들한테 텔레파시가 보내질 것도 아니고."

수색, 그 말만으로 반가웠던 시간이 까마득하기만 했다.

"우리를 찾고 있기는 하겠지?"

"당연하지. 고등학생들이 요트를 타고 나가서 실종됐는데. 포기하고 수색을 접습니다, 뭐 그럴 만큼 시간이 흐른 것도 아니고."

그런가? 태호는 그마저 혼란스러웠다. 두 번째 밤이 찾아오고 있었다. 만 하루를 조금 넘겼을 뿐인데 마리나를 떠나던 때가 기억 저편의 일 같았다.

"그런데 왜 아직 아무도 안 와?"

"말처럼 쉽지는 않지. 부산 앞바다가 수영장도 아니고. 지피에스도 통신도 다 꺼졌잖아. 마지막 위치까지야 알아내겠지만, 연결 끊기고 벌써 하루가 지났다."

그러고서 한숨을 쉬던 류가 얼른 표정을 고쳤다.

"그래도 곧 오겠지. 곧은 아니라도 아무튼, 곧. 그러니까 힘 빼지 말고 들어가서 좀 쉬어라."

먼저 움직이는 류를 따라 태호도 몸을 일으켰다. 그러나 몇 걸음 가지 못해 나란히 걸음을 멈추고 말았다. 선실로 들어가려면 후갑판을 지나야 했다. 장진이 쓰러졌던 자리, 그리고 사라졌던 자리였다.

"있잖아, 혹시……."

태호가 그렇게 입을 뗐을 뿐인데도, 류는 고개를 저었다.

"그런 소리 하지 마라."

태호가 잠자코 있자 류가 바다에 눈을 둔 채 말을 이었다.

"있잖아, 우리 아빠는 멀리 요트 딜리버리도 하고 퍼블릭 요트를 몬 적도 있다. 근데 언제 어디서든 바다에서 절대 마음을 놓는 법이 없었다. 해운대랑 광안리 사이를 왔다 갔다 하는 퍼블릭 요트를 돛도 펴지 않고 운항할 때도 조타실을 제대로 지켰다. 아빠가 그랬다. 사람 눈에는 바다가 탁 트인 것처럼 보이지만 절대 그렇지 않다고, 풍랑이 있는 날도, 잔잔한 날도. 바다 아래에는 육지 그 어디보다 험난한 산맥이 있고 구름 너머에는 바다보다 사나운 위험이 있다고. 그런 말들이 참 멋지다고 생각했는데, 한마디도 안 빼고 전부 외웠다고 생각했는데…… 근데 다 잊어버렸던 거다. 방치되어 있던 요트를 몰고 바다로 나오고, 전원 나간 요트에서 구조 요청도 안 하고, 아무 대책 없이 떠다니기나 하고…… 인제 안 그럴라고. 정신 똑바로 챙기고 바다만 볼라고."

"보면…… 뭐가 보여?"

태호는 기운 빠지는 소리나 하게 되었다. 하늘도 바다도 어둡기만 했다. 그러나 류는 또 말했다.

"그래도 보는 시늉이라도 해야. 지금은 그 생각만 할 거다. 구조될 때까지, 집에 갈 때까지."

"그러고 나면?"

태호가 작정하고 한 소리는 아니었다. 입에서 툭 튀어나온 소리였다. 마음에 소용돌이치는 소리였다. 하지만 류의 대답은 다르지 않았다.

"말했잖아. 바다에서 한눈팔지 않기로 했다고. 니도 그래라. 봐라, 안 들리나?"

먹구름 저편에서 크르릉대며 천둥이 울고 있었다. 아주 멀리서 울리는 소리였다. 그런데도 류는 오싹한 듯 어깨를 움츠렸다.

"바다에서 제일 무서운 게 뭔지 아나? 번개다."

"번개를 맞으면 어떻게 되는데?"

"끝."

류가 말했다. 그러고는 돛대를 올려다보며 말을 이었다.

"원래 돛대에 피뢰침이 있지만, 과연 이 요트에 그거라도 멀쩡할지 모르겠다."

"끝……이 뭔데?"

"그냥 끝. 나도 영상으로만 봤는데, 그대로 폭발하듯이 불길에 휩싸이기도 하더라. 아니면 다 같이 한순간에 감전되거나. 온통 물이잖아."

태호에게는 잘 그려지지 않는 광경이었다.

"야, 무서운 소리를 하고 그래……."

"소리가 아니라 사실이라니까. 그럴 확률이 높은 건 아니지만, 사고에 확률이 무슨 소용이고?"

태호는 그만 또 장진이 쓰러졌던 후갑판 쪽으로 눈길이 갔다. 다시 천둥소리가 들려왔다. 한기가 들어 온몸이 오싹해졌다. 돌아가고 싶었다. 집에 가고 싶었다. 바다가 두려웠다. 그보다 두려운 건 없었다. 그렇다는 사실을 비로소 실감하고 있었다. 진작 그랬어야 했다. 그랬다면 다른 생각 같은 건 감히 하지 못했을 터였다. 어선을 보자마자 살려 달라 빌었을 터였다. 그랬다면, 만약 그랬다면. 태호는 눈시울이 뜨거워졌다.

그때 조명탄이 하늘을 밝혔다.

# 믿음

노아였다.

앞갑판에 있던 노아가 어둑한 하늘을 향해 조명탄을 쏘아 올린 거였다. 놀라서 달려간 모두의 눈에 그 이유가 단번에 보였다.

요트가 있었다. 상당히 가까운 거리였다. 어둠 속에서도 선체에 적힌 글자가 알파벳이라는 것까지 알아볼 수 있었다. 어둡지 않았다면 글씨를 읽을 수도 있을 것 같았다. 어차피 배 이름은 아무래도 좋았다.

요트가 가까이 있었다. 좁다란 모양의 선체에 선실이 수면 아래로 잠기듯 낮게 자리한 구조였다. 선체는 바다를 닮은 짙푸른 색이었고, 두 개의 돛은 짙은 회색이었다. 선체든 돛이든, 바다에서는 눈에 띄는 색으로 하는 편히 보기에도 시원하고 비상시 안전에도 도움이 된다. 천우신조호는 하얀 선체였고, 비록 붐에 감겨 있지만 주 돛은 형광에 가까운 오렌지색이었다. 보조 돛은 은색에 펄감이 있어 빛을 받으면 반짝거렸다. 그런데 그 요트는 마치 장례를 치르러 가는 것처럼 어둑한 모습이었다. 그런 인상을 받을 만큼 거리는 가까웠다.

어둑한 하늘에서 조명탄은 비로소 제빛을 마음껏 밝혔다. 소리도 굉장했다. 그만한 거리라면 듣지 못할 수도, 보지 못할 수도 없었다. 곧 누군가 갑판으로 달려 나와야 했다. 그게 말이 되는 일이었다.

하지만 그 요트는 묵묵히 제 길을 갈 뿐이었다. 갑판으로 나오는 사람도, 뱃고동이든 뭐든 신호를 보내는 일도 없었다. 조명탄을 보지도, 듣지도 못한 것 같았다. 잿빛 돛만이 잠시 천우신조호를 향해 고개를 돌렸지만, 그건 세찬 바람에 맞서지 않으려 돛이 바람을 따라 움직인 것이었다.

그러니까 누군가 요트를 조종하고 있다는 얘기였다. 유령선이 아니었다. 갑판은 비어 있지만 선실에는 사람이 있을 것이었다.

"여기요! 여기!"

"보세요! 여기 좀 보세요!"

"야아아아아아!"

모두 있는 힘을 다해 소리를 질렀다. 신조는 손전등을 켜서 요트를 향해 흔들어 댔다. 그러나 조명탄도 알아보지 못하는 요트에게는 아무 소용 없는 짓이었다.

"뭐고? 뭔데? 왜 저라노? 못 본 척하는 거가?"

천우는 오죽하면 그런 소리까지 나왔다. 그런데 류가 말했다.

"못 본 거다."

"어떻게? 어떻게 못 봐? 바로 저기 있잖아!"

태호가 팔을 뻗어 요트를 가리켰다. 천우는 처음으로 태호와 마음이 통하는 것 같았다. 그러나 류가 또 고개를 저었다.

"못 볼 수 있다."

그래도 마음은 한가지인 듯 원망스러운 눈초리로 요트를 돌아보며 말을 이었다.

"바람도 세고 하니까 선실에 들어앉아서 조종하는 거다. 자동차처럼 직접 눈으로 창밖을 보면서 운전해야 되는 게 아니다."

"지피에스랑 레이더랑…… 그러니까 계기판을 보면서 조종하고 있는 것 같다."

신조도 말을 보탰다. 천우는 여전히 납득이 가지 않았다.

"그렇다고 귀까지 틀어막았나?"

잔뜩 비꼰 소리였는데 류는 고개를 끄덕였다.

"그럴 수도 있다. 아니, 그런갑다. 음악을 크게 틀었을 수도 있고, 다운받은 드라마를 볼 수도 있고. 아니면…… 바람이 이래 세니까 조종에 집중하느라 정신없는지도 모르고. 밥을 하는지 먹는지…… 모르겠다, 나도."

그렇게 답 모를 이유를 남긴 채 요트는 멀어져 갔다. 두 개의 돛이 바람의 틈새를 파고들며 빠른 속도로 바다를 가로질러 곧 어둠 속으로 모습을 감추었다. 천우신조호는 다시 막막한 바다에 홀로 남겨졌다.

"그럼 조명탄이라는 건 아무 쓸모 없는 거야?"

태호였다. 천우도 그런 생각이 들던 참이었다. 조명탄 쓰는 법을 엄마 아빠한테 배웠지만 실제로 써 보기는 처음이었다.

다행히 류가 고개를 저었다.

"그렇지는 않다. 누구든 발견하기만 하면 제대로 알아보지. 다만 그게 생각만큼 쉽지는 않다."

"조명탄이 남아 있기는 해?"

태호가 그렇게 물으며 노아를 슬쩍 봤다. 천우는 얼른 노아의 눈치를 살폈다. 노아는 요트가 사라진 바다를 향해 선 채 아무 말이 없었다.

그런 노아는 처음이었다. 천우가 아는 노아는 언제나 모두의 시선을 똑바로 마주했다. 언제나 정답을 알고 있었다. 천우에게 정답을 알려 주었다. 그런데 모두가 혼란스러워하는데도 노아는 막막한 바다에 눈을 둔 채 힘없이 어깨를 늘어뜨리고 있었다.

다행히 신조가 말했다.

"조명탄 하나 더 있다."

"그래? …… 아니, 그런데 또 소용없는 일이 되면 어떡해?"

"이제 밤이잖아. 기본적으로 조명탄을 쓰기에 더 유리하다. 또 누군가 나타나겠지."

류는 그렇게 말하고 조타실로 올라갔다. 뒤따라 계단을 울리는 발소리는 신조인 것 같았다. 태호도 앞갑판을 떠났다. 발소리가 멀어지다 곧 조용해진 것으로 보아 선실로 들어간 모양이었다.

그러도록 노아는 등을 보인 채 꼼짝도 하지 않았다. 천우는 어찌할 바를 몰랐다. 그건 이천우와 김노아의 구도가 아니었다.

노아의 다른 친구들은 노아가 어째서 이천우 같은 애랑 친한지 이해하지 못했다. 천우의 친구들도 어떻게 천우가 김노아 같은 애랑 친할 수 있냐고들 했다. 숨이 막혀서 어떻게 같이 다니냐는 거였다. 그건 정말 멋모르는 소리들이었다. 천우는 노아가 오히려 편했다. 마음 놓고 달릴 수 있는 기분이었다. 노아랑 같이 있으면 브레이크가 따로 필요 없었다. 김노아면 충분했다. 노아가 와 주지 않았다면 정말로 바다로 나오지 못했을 터였다. 신조가 아무리 그렁그렁한 눈으로 사정한다고 해도 소용없었을 터였다. 우리 **요트 탈래?** 그 스토리에는 처음으로 요트에 대한 진심이 담겨 있었다. 그래도 그저 마음뿐인 줄 알았다. 그런데 노아가 와 주었고 바다로 나가자고 말했다. 그거면 됐다. 그래도 된다는 얘기였다.

그런데 그 노아가 작동하지 않고 있었다. 장진이 그렇게 되고서 어딘가 고장 난 것처럼 보였다. 자신이 그렇게 만든 거라고, 천우는 생각했다. 천우 때문에 바다로 나왔고, 천우 때문에 신고를 못했고, 그 바람에 장진이 그렇게 됐고……. 다 나 때문이라는 말은 진심이었다. 사실이었다. 언제나 이천우, 그 애가 문제였다.

"노아야, 니 알제?"

노아는 여전히 등을 보이고만 있었다. 그래도 듣고 있다는 걸 알 수 있었다. 천우는 말을 이었다.

"니는 아니라고 또 그러겠지만 사실이 그렇다. 노아야, 지금 이게 다 내가 시작한 일이다. 알제? 다 내 잘못이다. 내 책임이다."

책임. 그 말의 무게가 바윗돌 같은 실감으로 다가왔다. 천우는 그것이 무거운 말이라는 사실을 처음으로 느끼고 있었다. 내 잘못이다. 그래, 내가 그랬다. 내가 나빴다. 내가 미친놈이다. 내가 책임진다고. 그동안 얼마나 그렇게 말해 왔던가? 횟수를 세는 거야 당연지사 불가능했고, 언제부터 그런 소리를 하기 시작했는지도 기억나지 않았다. 초등학교 때? 유치원 때? 그게 이천우였다. 꼴사납게 발 빼지 않고, 욕먹을까 쫄지 않고. 언제나 당당하게, 남자답게, 이천우답게.

인제 니도 철 좀 들어라.

엄마가 한 말이었다. 그러니까 인천에 사는 친엄마 말고 아빠랑 같이 야반도주한 새엄마, 아니 그냥 엄마. 천우는 새엄마가 더 편했다. 만날 때마다 미안하다고 말하는 친엄마가 싫은 건 아니지만 불편했다. 따지고 보면 정작 미안하다고 말해야 하는 사람은 새엄마였다. 천우 아빠랑 바람을 피워 천우 엄마를 내쫓다시피 한 장본인이었다. 그런데도 엄마는, 그러니까 새엄마는 천우에게 미안하다고 말하지도, 그런 내색을 보이지도 않았다. 여섯 살 때부터였으니 천우에게 새엄마는 그냥 엄마였다. 야! 소리치며 등짝을 때리곤 하는 것도, 요트에서 담배를 피우다 걸려 바다로 내던져질 뻔한 천우를 감싸느라 아빠와 맞선 것도 그 엄마였다.

그런데 철 좀 들라는 느닷없는 소리를 하던 날의 엄마는 좀 달랐다. 벚꽃이 한창이던 몇 달 전, 천우랑 신조는 몰랐지만 사실 집안은 이미 무너지고 있었다. 그 무렵 어느 날 친구 자전거를 빌려 수변 공원까지 가긴 갔는데, 천우는 그만 다 귀찮아졌다. 택시를 타고 집으로 돌아가고 싶었다. 하지만 자전거를 버렸다가는 가만히 있을 친구가 아니었다. 천우는 엄마한테 전화를 걸었고, 엄마가 짐칸이 있는 큰 택시를 타고 데리러 와 줬다. 그러고는 집 앞에 도착해 택시에서 내리자마자 냅다 등짝을 때렸다. 천우가 아, 씨! 하고 돌아보니 엄마가 눈물을 글썽이고 있었다. 그래 놓고 당황하는 천우를 흘겨보고는 먼저 집으로 들어가 버렸다.

내 잘못이다. 내가 미친놈이다. 요트도, 장진도 다 내 책임이다. 그러면 엄마가 달려와 주어야 했다. 그게 지금껏 알아 온 천우의 세상이었다.

그런데 엄마는 곁에 없었다. 어디로 도망쳤는지도 천우와 신조는 모르고 있었다. 알아도 엄마는 더 이상 뭘 어떻게 해 줄 수 있는 처지가 아니었다. 그래도 천우는 다시 말해야만 했다.

"노아야, 알았나? 내 잘못이라고. 내 책임이라고."

"그래서?"

노아가 천우를 돌아봤다. 뜻밖의 반응에 천우가 할 말을 잃고 있는데, 노아는 다시 말했다.

"니 잘못이면, 니 책임이면, 다 끝날 거 같나? 이게 무슨 교실 유리창 깨뜨린 일인 줄 아나?"

아니라는 건 천우도 알았다. 어선이 나타났을 때 노아가 이미 말하기도 했다. 천우는 고개를 저었다.

"아니. 나도 안다. 그냥 요트도 아니고 압류된 요트에……. 니 말대로 압류 통고장을 못 봤다고, 모른다고 해서 될 일이 아닌지도 모르지. 그리고 서장진이 죽은 것도…….."

"죽긴 누가 죽어?"

노아가 날카롭게 천우의 말을 잘랐다. 천우는 그만 할 말을 잃었다. 서장진은 죽었다. 거기에 무슨 의문의 여지가 있는지 이해할 수 없었다. 그런데 노아는 다시 말했다.

"아까 죽었다고 생각했지만, 우리가 틀렸던 거잖아. 서장진은 살아 있었잖아. 우리가 도대체 뭐를 아노? 사람이 죽고 사는 거에 대해서 뭘 아냐고, 우리가."

맞는 말처럼 들리기도 했다. 하지만 천우는 붐이 장진을 때리는 소리를 똑똑히 들었다. 아직도 귓전에 그 소리가 자꾸 들렸다. 피 냄새가 코끝에 맴돌고 있었다. 그런 채로 장진은 기울어지는 갑판을 따라 바다로 미끄러져 들어갔다. 어둠에 잠긴 그 바다에서 죽음 아닌 다른 것은 떠올릴 수 없었다.

그러나 노아가 다시 말했다.

"서장진, 수영 잘하잖아. 보통이 아니라 선수급, 니도 봤제?"

물론 천우도 감탄한 일이었다. 그러나 고래도 그런 부상을 입고 바다에 빠졌다가는 무사하지 못할 터였다. 그걸 모를 노아가 아니었다. 천우는 그렇게 알고 있었다. 그런데도 노아는 계속 말했다.

"구명보트도 없어졌다."

"구명보트?"

천우는 그게 뭔지 모르는 것처럼 되묻고 말았다. 물놀이할 때 바다에 던져 넣었던 그 구명보트? 스마트폰이 터지는 통에 급히 갑판으로 올라오느라 제대로 챙기지 못했다.

정답을 확인해 주듯 고개를 끄덕이며 노아가 다시 말했다.

"그래. 그 구명보트. 장진이 거기에 탔을지도 모를 일이지. 아, 구명 튜브도 있었다. 그건 도로 다 건졌나? 구명조끼는?"

"글쎄…… 세어 보지는 않았는데……. 다는 아닐 수도 있다. 대충 치웠으니까."

"맞제? 구명 튜브랑 구명보트가 바다에 남아 있었을 거다. 그 정도 수영 실력이면 뭐라도 잡았을지 모른다. 안 그렇나?"

천우는 설사 그렇다 한들 무슨 소용인가 하는 생각밖에 들지 않았다. 그러나 노아는 거의 자신 있는 투로 말을 이었다.

"목숨은 사람이 알 수 있는 일이 아니다. 내가 교회에서 장례 예배를 얼마나 많이 봤는데? 사람은 있잖아, 자기 집에서 샤워를 하다가 미끄러져서 죽기도 하지만, 졸음운전을 하다가 바다에 추락했는데 살기도 한다."

목사의 아들인 노아와 달리 천우에게 죽음은 게임에서나 일어나는 일이었다. 그러고 보면 게임에서도 죽음은 그랬다. 그럼에도 장진을 생각하면 죽음 아닌 다른 어떤 말도 떠오르지 않았다. 천우는 그저 또 말할 수밖에 없었다.

"그래. 근데…… 이렇든 저렇든 이거는 다 내 책임이다. 그것만 알아라."

"책임? 니 그게 부슨 뜻인지는 알고 하는 말이가?"

천우는 대답하지 못했다. 무게를 실감하고는 있지만 그 의미를 안다고 말할 수는 없었다. 노아가 말을 이었다.

"니가 지금 단단히 착각을 하고 있는 거 같은데, 이거는 학교에서 야단맞고 끝나는 그런 일이 아니다. 이건 형사 문제다. 알겠나? 니 형사가 뭔 줄은 아나?"

수사를 담당하는 형사는 알지만 노아가 말하는 건 그게 아닐 터였다. 그래도 대충 짐작은 갔다. 경찰, 검찰, 법원 그리고 범죄, 형벌. 그런 단어들이 두서없이 떠올랐다. 천우의 무거운 표정에 노아는 한숨을 쉬고 말을 이었다.

"니 잘못이라고 한다고 세상이 그냥 알았다, 그러고 넘어갈 일이 아니라고."

"그럼 어떡하자고."

"모르겠다, 나도. 그렇지만 한 가지는 안다. 함부로 말하지 마라. 나중에 돌아가서도, 지금도, 내 앞에서도. 말 한마디에 따라 니 하나만 아니라 우리가 전부 어떤 꼴이 될지 모른단 말이다. 나도 안다. 그 꼴로 바다로 쓸려 들어갔는데……. 그렇지만 지금은 일단 입 다물고 있어라. 우리는 아직 아무것도 모르는 거다. 어떻게 말하면 좋을지는…… 몰라, 일단 나중에 생각하자. 지금은 여기서 빠져나가는 것부터 생각하자고. 알았나?"

마지막 한마디는 천우가 아는 그 김노아였다. 천우는 저도 모르게 고개를 끄덕이고 있었다. 노아는 천우의 어깨를 가볍게 툭 치고 먼저 갑판을 떠났다. 천우는 굳은 듯 혼자 남아 있었다. 도대체 무슨 일이 일어난 것인지 알 수 없는 기분이었다. 바다의 일, 장진의 일만이 아니었다. 노아마저 그랬다. 아무 생각 없이 건들거리며 노아를 따라갈 수가 없었다. 그렇다고 달리 무슨 뾰족한 생각이 드는 것도 아니었다. 천우는 어둠에 잠긴 바다를 한동안 바라보았다.

수평선 위로 빛이 하나 떠올랐다. 그리고 다시 하나, 또 하나. 그러나 빛은 여전히 멀기만 했다. 먼바다를 지나는 배들의 항해등이었다. 어떤 빛도 소리도 가닿을 수 없이 멀었다. 천우도 몸을 돌려 갑판을 떠났다.

그때 구름이 문득 몸을 뒤치자 부지런히 떠올라 있던 상현달이 얼굴을 내밀었다. 희미한 달빛이 바다에 희부연 길을 냈다. 그러자 수묵화처럼 흐릿한 그림자의 모습을 한 언덕이 어둠 위로 모습을 드러냈다.

갑판에는 아무도 없었다.

# 땅

신조는 조타실에서 거의 밤을 지새웠다.

류가 같이 있겠다고 했지만 등을 떠밀다시피 내려보냈다. 혼자 있고 싶었다. 아니 신조는 혼자 해내야 한다고 생각했다.

자신이 시작한 일이니 자신이 끝내야 했다. 할 수 있다고 했으니 해내야 했다. 신조는 원래 그랬다. 하지만 엄마는 신조한테 종종 말했다. 세상에 원래 그런 건 없다. 지금 그런 것뿐이다.

신조는 언제부터인가 그 소리가 엄마의 변명 같았다. 듣기가 싫어졌다. 엄마를 나쁘게 생각하는 건 결코 아니었다. 그러나 사실이 그랬다. 원래는 천우 친엄마의 자리였다. 그런데 신조 엄마가 그 자리를 빼앗은 거였다. 15금 딱지 정도는 붙어 마땅할 이야기, 그게 바로 우리 집이라고 신조는 생각했다. 그런 집에서 자라다 보면 일찌감치 배우는 게 있는 법이었다. 그렇다고 집이 싫다는 생각을 품고 산 건 아니었다.

굳이 신조가 나서지 않아도 이미 손가락질받고 있었다. 사정을 다 아는 친척들은 신조 엄마를 곱게 보지 않았다. 신조에게마저 그랬다. 불륜으로 태어난 애, 그로 인해 남의 가정을 깨어 먹은 애였다.

그런데 그 애가 아주 야무지게 자라 버린 거였다. 그러자 사람들은 신조 대신 천우를 향해 동정이랍시고 혀를 찼다. 새엄마라 단속을 제대로 못 해서 애가 멋대로 자랐다는 식이었다. 솔직히 신조도 오빠가 이해 가지 않았다. 왜 저렇게 욕을 먹으려고 용을 쓰나 싶었다. 조금만 알아서 하면 아무도 건드리지 않았다. 오히려 그편이 살기가 쉬웠다.

그런 생각도 어쩌다였다. 신조는 오빠한테 별 관심이 없었다. 어려서는 오빠 껌딱지였다고 어른들이 말하지만 신조에게는 한 조각의 기억도 없었다.

신조는 그저 제 할 일을 했다. 잘 해내는 게 좋았다. 요트는 특히 그랬다. 다른 무엇보다 욕심이 났다. 천우야 처음 잠깐 흥분했다 곧 시들해졌지만 신조는 달랐다. 딩기 요트도 마지막 과정까지 마치고 어엿한 수료증을 받았다. 딩기로 오륙도 여러 차례 다녀왔다. 여자치고도 작은 몸집이라고 은근히 얕보던 강사가 나중에는 신조만 보면 엄지를 추켜세웠다. 솔직히 딩기라도 혼자 세일링하기는 만만치 않았다. 힘에 부쳤다. 그래도 기어이 해냈다. 하루빨리 크루저 요트 운전면허를 딸 수 있는 나이가 되기만 기다려 왔다. 엄마 아빠한테 이미 운전은 배울 만큼 배웠다. 엄마 아빠가 지켜보는 가운데 혼자서 몇 번인가 세일링을 해 보기도 했다. 엄마 아빠는 조마조마한 얼굴이었지만 신조는 괜한 걱정이라고 생각했다. 그렇게 믿어 왔다.

그런데 깜깜한 조타실을 홀로 지키는 것조차 쉽지 않았다. 이따금 달빛을 품은 듯 새하얀 배를 드러낸 새들이 검은 하늘을 가로질렀다. 작은 새들이 무리 지어 동행하듯 요트 곁을 나란히 날 때는 저도 모르게 입가에 웃음이 떠오르기도 했다. 하지만 새들은 머무르는 법을 몰랐다.

그러고 나면 마음이 한없이 가라앉았다. 오빠한테 와 달라고 할까 하는 생각이 들었다. 왜 그런지 그 바다에서는 오빠가 다 알아줄 것 같았다. 신조도 오빠 마음을 다 알 것만 같았다. 오빠 껌딱지였다는 말이 어쩌면 어른들의 허풍이 아닐지 모른다는 생각도 하게 됐다. 엄마 아빠가 너무나 보고 싶었다. 원래 그런 건 없다. 어쩌면 엄마의 그 말이 맞는지도 모른다는 생각도 들었다.

무책임하게 구는 애가 아닌데, 원래는 그런 애인데. 그건 그저 착각이었다. 큰소리를 쳐 놓고 요트를 표류하게 만들었고, 쓰러진 장진을 지켜보고만 있었다. 바다로 사라지게 만들었다. 사라지다. 그것이 신조가 떠올릴 수 있는 최악이었다. 낭떠러지였다. 그 아래에 무엇이 있는지 차마 들여다볼 수가 없었다.

조타실을 지키는 일조차 버거웠다. 지키고 말고 할 것도 없었다. 온통 검은 세상이었다. 하늘과 바다의 경계가 없었다. 수평선을 따라 선박의 불빛이 가로등처럼 밤을 밝히던 그 바다로부터 수백 년을 건너온 것만 같았다. 빛이라고는 천우신조호의 돛대에 달린 작은 불빛이 유일했다.

도대체 어디까지 와 버린 걸까. 나침반을 들여다보며 고심해 보기도 했다. 하지만 바다의 흐름에 대해 신조가 아는 거라고는 크루저 요트 운전면허 시험 문제집에서 외운 게 다였다. 난류는 적도에서 극으로 흐르고, 한류는 극에서 적도로 흐른다. 방향이 달라지더라도 기본적으로 바다는 남북으로 흐른다. 그러나 그건 지구본에서나 일어나는 일일 뿐, 바다에는 너무도 많은 변수들이 있다. 해안의 모양, 섬, 계절, 비, 바람……. 그 밖에도 인간은 상상도 하지 못할 일들이 바다를 요동치게 했다.

머릿속으로 지도를 그려 보기도 했다. 수영만에서 오륙도 방향으로 쭉, 그러니까 남서쪽으로 움직이다 어느 지점에서 전원이 꺼졌다. 영도 남동쪽 바다였을 거라는 게 신조와 류의 생각이었다. 그대로 계속 남쪽으로 움직였다면 대마도 방향이지만 바다가 그렇게 간단히 움직였을 리 없었다. 동쪽으로 치우쳐 움직였을 수도 있었다. 어쩌면 일본을 지나쳐 큰 바다로 그러니까 태평양으로 떠가고 있는지도 몰랐다. 뜻밖에 동해 쪽으로 흘러왔거나, 오락가락 제자리를 맴돌고 있을 수도 있었다. 남서쪽을 가리키는 나침반은 아무 단서도 되지 못했다. 먹구름 가득한 하늘에는 별 하나 없었고, 설사 별이 떴대도 신조는 별을 읽는 법을 몰랐다. 어쩌면 요트가 알아서 부산으로 돌아가고 있는지도 모를 일이었다. 가당찮은 바람이었다. 눈앞의 바다가 이미 그렇게 말하고 있었다. 영도 앞바다라면 수평선이 그토록 캄캄할 리 없었다. 먹구름이 짙고 바람이 세지만 태풍도 아니었다. 화물선처럼 큰 배들은 예정대로 항해할 만했다.

결국 답답한 심정으로 조타실 벤치에 드러눕고 말았다. 출입구 너머로 먼 하늘이 보였다. 앞만 보고 있을 때는 몰랐는데, 동편 하늘에서는 어둠이 조금씩 가시고 있었다.

얼마 지나지 않아 선실에서 기척이 느껴졌다. 누군가 잠에서 깨어난 모양이었다. 갑판을 걷는 발소리도 들려왔다. 오빠가? 신조는 저도 모르게 그런 생각을 했다. 발소리만 들어도 오빠인 줄 안다거나 하는 건 결코 아니었다. 그런데도 문득 오빠인가 하는 생각부터 들었다.

그런데 갑판에서 정말 천우 목소리가 들려왔다.

"야!"

이천우가 알람도 없이 꼭두새벽에 일어나다니 신조의 기억에는 없는 일이었다. 그러고는 대뜸 야! 그러는 건 또 여전한 이천우였다. 신조도 평소처럼 대꾸했다.

"왜!"

그런데 가시나가 어쩌고 하는 불평이 들려오지 않았다. 그저 조용했다. 그 또한 이상한 일이었다. 신조가 갑판을 내려다보려고 몸을 일으켰을 때, 천우의 목소리가 다시 들려왔다.

"야! 쫌 와 봐! 빨리!"

그때 신조에게도 보였다.

산이었다. 산이랄 만큼 높지는 않았지만 언덕이라기에는 높은, 그런 등성이가 바다에서 몸을 일으킨 듯 불룩 솟아 있었다.

아직 태양이 수평선 위로 모습을 드러내기 전이지만 동쪽 하늘은 빠르게 밝아 오고 있었다. 비 한 방울 내리지 않았는데도 새벽을 기다렸다는 듯 먹구름은 남서쪽으로 서둘러 물러가고 있었다. 산머리 위로 형체를 이루지 못한 구름들이 안개처럼 희부옇게 떠다니고 있을 따름이었다.

"왜, 뭔데?"

갑판에서 노아 목소리도 들려왔다. 급한 발소리가 갑판을 울렸다. 천우가 외치는 소리에 하나둘 갑판으로 달려 나왔다. 신조도 갑판으로 내려갔다.

다 같이 왼쪽 뱃전에 나란히 섰다. 틀림없었다. 잘못 본 게 아니었다. 꿈도, 환상도 아니었다.

조금씩 밝아 오는 아침 바다에 동그마니 솟아오른 그것은 땅이었다. 꽤 멀리 떨어져 있었다. 해운대에서 보는 오륙도 정도의 거리였다. 암초라고나 불릴 바위섬이 아니었다. 그건 명명백백한 땅이었다.

신조는 망원경을 눈가에 댔다. 초점을 맞추는 손이 덜덜 떨렸다. 그래도 흐릿하던 시야가 곧 선명해졌다. 초록빛이 눈앞으로 성큼 다가왔다. 그 바다 어디에서도 볼 수 없었던 초록, 땅에 뿌리 내린 나무들에서만 볼 수 있는 색이었다.

"섬이가?"

그렇게 물은 건 노아였다. 신조는 망원경을 눈가에 댄 채 대답했다.

"모르겠다."

"섬이 아니라고?"

태호가 묻자 류가 대답했다.

"섬처럼 보이기는 하는데, 바다로 길게 튀어나온 육지일 수도 있다."

"아니면 섬인데 육지랑 다리로 연결되어 있을지도 모르지."

천우도 의견을 보탰다.

그중 무엇일 수도 있었다. 그 땅은 마치 밥그릇을 엎어 놓은 것 같은 모습이었다. 바다에서부터 완만하게 솟아올라 부드러운 능선을 그리며 바다로 잠겨 들었다. 아직은 그저 검푸르게 어둑하지만 무성하게 자라난 여름 숲이라는 걸 알아볼 수 있었다.

해변은 거칠어 보였다. 백사장은 아니었다. 누런 띠 같은 좁다란 땅이 섬의 발치를 두르고 있었고, 갯바위들이 불쑥불쑥 해안에 솟아 있었다. 수면 바로 위로 이마만 내민 듯 둥근 바위도 있고, 창처럼 곧추선 바위도 있었다. 어깨를 기대듯 서로 붙어 있기도 하고, 홀로 우뚝 솟아 있기도 했다. 몸을 던지듯 부딪혀 오는 파도에 크림처럼 허연 거품이 바위를 타고 흘러내렸다.

"줘 봐."

천우가 신조에게서 망원경을 넘겨받았다. 해먹에 누워 있기나 하면서도 망원경은 곧잘 들여다보더니 과연 금세 초점을 맞추고 제 눈에 비친 광경을 중계하듯 읊었다. 신조가 본 모습과 다르지 않았다. 다음은 노아 그리고 류와 태호였다.

"아무것도 없어. 그냥 숲이야."

태호가 망원경을 눈에 댄 채 중얼거렸다. 그러자 류가 말했다.

"그거야 보이는 이쪽이고, 저 너머는 모르지."

과연 그랬다. 섬처럼 보이기는 하지만 산 너머에 육지와 이어진 번듯한 다리가 있을지도 몰랐다. 혹은 널찍한 백사장을 따라 펜션들이 자리하고 있을 수도, 아담한 포구에 단골들만 찾을 것 같은 횟집 몇 개가 옹기종기한 어촌일 수도 있었다. 아니 그냥 육지일 수도 있었다. 섬이라는 이름이 무색한 동백섬처럼 뜻밖에 번화한 도시 끄트머리에 조성된 공원일지도 모를 일이었다.

그런 생각이 드는데도 신조는 어쩐지 마음이 들뜨지 않았다. 무언가 걸렸다. 잠자코 주위를 둘러보았다. 그 땅을 제외하곤 온통 바다였다. 배 한 척, 아니 새 한 마리 보이지 않았다. 바람마저 잠잠해진 바다는 한없이 고요하기만 했다.

그거였다. 아무 소리도 들리지 않는다는 것.

그 사실을 깨닫고도 신조는 조용히 선실로 들어갔다. 살롱 테이블에 흩어져 있는 스마트폰들을 하나하나 살펴봤다. 아직 전원이 꺼지지 않은 스마트폰도 있었지만, 그 어떤 것도 육지의 신호를 잡지 못했다.

그건 무인도였다. 그러지 않고서야 스마트폰이 잠잠할 리 없었다. 하지만 갑판에서 땅을 바라보고 있는 뒷모습들은 잔뜩 기대에 차 있었다. 신조는 나쁜 역할을 떠맡은 듯 마음이 무거웠다. 그래도 하는 수 없었다. 제 스마트폰을 손에 들고 갑판으로 나갔다.

"무인도다."

말하며 스마트폰을 들어 보였다. 그것만으로 알아들었으면서도 신조가 그랬듯 다들 선실로 들어가 굳이 직접 확인을 했다. 그러고는 실망스러운 얼굴로 되돌아 나왔다.

그런데 류가 문득 밝은 표정이 되었다.

"무인도에 사는 사람도 있다."

"사람이 안 사니까 무인도잖아."

태호가 투덜거리듯 말했다. 정확한 말이었다. 그래도 류는 다시 말했다.

"아니, 있다. 도시에서처럼 사는 건 아니지만, 그래도. 우리 아빠가 한때 무인도에 꽂혀서 엄마랑 얼마나 싸웠는지 모른다. 남해 앞바다라고 했나, 여수 앞바다라고 했나……. 아무튼 작은 무인도는 해운대 방 한 칸 가격이면 산다고 했다. 전기도 수도도 선착장도 없지만."

"그런 데서 사람이 어떻게 사노?"

천우가 물었다. 류도 기가 차는 듯 고개를 절레절레 흔들며 이야기를 계속했다.

"내 말이. 근데 굳이 무인도에서 살고 싶어 하는 사람들이 있다니까. 전기도 수도도 와이파이도 없이 지내고 싶다는 거지. 그래도 선착장은 만들어야 한다고 했던 것 같고……. 집을 짓는 건 불법이라고 했나 돈이 많이 든다고 했나, 아무튼 집 대신에 컨테이너를 갖다 놓으면 된다고 하더라고."

"그러고 뭘 하는데?"

다시 묻는 태호의 말투는 불평이 아니었다. 진심으로 궁금한 얼굴이었다.

"아무것도. 그냥 아무것도 안 하는 게 좋다는 거지. 아무튼 우리 아빠는 그랬다."

천우가 또 다른 걸 기억해 냈다.

"무인도에 낚시하러 가기도 하잖아."

태호는 좀 놀라워했지만 다른 애들은 이미 아는 사실이었다. 배를 빌려서 무인도까지 낚시하러 다니는 사람들이 있었다. 그렇게 생각하면 그 섬은 결코 작다고 할 수 없었다. 오히려 큰 축이었다.

암초나 다름없는 바위섬에서 낚시를 하다 조난당하거나, 그러다 큰 변을 당하는 낚시꾼들도 있다. 물론 어쩌다 있는 일이고 대부분은 무사히 귀항한다. 낚시하는 동안 배가 기다려 주기도 하고, 예정된 시간에 맞추어 데리러 가기도 하는 식이다.

어쩌면.

기대감이 되살아났다. 어쩌면 누가 있을지도 몰랐다. 눈앞의 해안은 텅 비어 있지만, 반대편에는 어쩌면. 아니, 아직은 이른 새벽이었다. 낚싯배가 섬으로 달려오고 있을지도 몰랐다. 그렇지만 아무리 망원경을 열심히 들여다본대도 저 뒷면의 일은 알 수 없는 노릇이었다.

그런데 바다가 천우신조호를 섬으로 데려가고 있었다. 꼭 그런 것만 같았다. 동쪽 바다 가득 금빛 조각이 일렁이고 있었다. 바다가 흔들리고 있다는 뜻이었다. 요트의 속도가 빨라지고 있었다.

천우신조호는 춤을 추듯 빠르게 흔들리며 섬으로 다가갔다. 어느덧 뱃머리를 돌려 섬을 마주하고 남동쪽으로 움직이고 있었다. 갯바위가 늘어선 해안은 점점 멀어졌다. 옆으로 이어진 동쪽 해안이 서서히 눈에 들어왔다. 섬은 남북이 짧고 동서가 긴 타원형에 가까운 모양이었다. 동쪽 해안은 높다랗게 솟은 절벽이었다. 그 자리를 지나자 곧 섬의 뒷면이 보이기 시작했다.

하얀 해변이었다. 널따란 백사장은 멀리서 보기에도 아름다웠다. 고급 리조트 단지가 있대도 놀랄 게 없었다. 그러나 바다는 천우신조호를 그곳까지 데려다줄 생각이 없는 듯했다. 뱃머리가 몇 번인가 크게 솟았다 내리닫는가 싶더니 서서히 섬에서 멀어지기 시작했다. 다 같이 후갑판으로 달려갔다. 멀어지고 있어도 백사장 해안을 보기에는 충분했다.

누구의 발길도 닿은 적 없는 순백의 눈밭. 광고나 영화에 나올 법한 백사장이었다. 눈부시게 아름다웠고, 텅 비어 있었다. 아무도, 아무것도 없었다.

실망이 갑판을 덮쳤다. 다시 망원경을 눈가로 가져가는 류의 손길도 그저 어떤 흉내 같기나 했다. 그런데 류의 입에서 뜻밖의 한마디가 나왔다.

"깃발이다."

"깃발?"

노아가 빼앗다시피 망원경을 잡아챘다. 류가 섬의 위쪽을 가리켰다. 망원경으로 그쪽을 보던 노아의 입에서도 같은 말이 흘러나왔다.

"깃발이다."

# 죽음

모두가 그 깃발을 본 건 아니었다.

노아는 보았다고 했고, 천우는 본 것 같다고 했다. 뒤늦게 망원경을 든 태호와 신조는 보지 못했다고 했다.

그러는 사이 요트는 섬에서 동쪽으로 차츰 멀어지고 있었다. 망원경으로도 섬의 전체적인 모습밖에 볼 수 없었다.

그러나 류는 분명 깃발을 보았다. 산마루에서 하얗게 펄럭이던 모습이 눈에 선했다. 바람에 잠시 크게 펼쳐진 모습도 봤다. 나무에서는 결코 자라날 수 없는 하얀색인 데다 네모난 형태로 보이기도 했다.

사람의 흔적이 명백했다. 무인도라고 해도 사람이 다녀가곤 한다는 뜻이었다. 어쩌면 누군가 와 있을지 몰랐다.

"어떡해? 자꾸 멀어지잖아!"

태호는 내려야 할 정류장을 놓친 것처럼 초조하게 발을 굴렀다. 모두 같은 마음이었지만 바다가 그런 걸 알아줄 리 없었다. 천우신조호는 그저 바다의 뜻에 따라 실려 다니는 처지였다.

하지만……. 류는 자꾸 돛대를 돌아보게 됐다. 전원이 나갔어도 수동으로 세일링을 할 수는 있었다. 먼 항해라면 몰라도 바로 눈앞의 바다를 건너는 일이라면. 바람도 섬을 향해 곧장 불고 있었다. 돛을 펼치고 그대로 바람에 떠밀려 가기만 하면 됐다. 그야말로 순풍에 돛을 다는 일이었다. 하지만 이 또한 생각에 불과하다는 걸 류는 잘 알았다. 요트 대회 같은 때 선보이는 가상 세일링에서조차 바람은 사람의 생각대로 움직여 주지 않았다.

한동안 천우신조호를 섬에서 남동쪽으로 몰아가던 바다는 이만하면 돌아갈 때가 되었다는 듯 다시 북서쪽으로 요트를 몰아갔다. 천우신조호는 섬을 한 바퀴 돌듯 갯바위 해안 쪽으로 되돌아가고 있었다. 바다도 거칠어지고 있었다. 파도가 차츰 높아졌다. 눈앞으로 온통 흰 거품이 이는 백파가 펼쳐졌다. 천우신조호는 격렬하게 흔들리며 바다를 내달렸다. 균형을 잡고 서 있는 것도 쉽지 않았다.

"다들 구명조끼 챙겨 입어라. 라이프 라인에 하니스도 걸고."

류가 말했다.

갑판에 흩어져 있던 구명조끼를 챙겨 입고 하니스를 라이프 라인에 연결했다. 중심을 잃는다면 그것이 말 그대로 생명줄이 될 수 있었다.

그러는 사이 먼 수평선으로 유조선처럼 보이는 대형 선박이 나타났다. 정체 모를 거대한 무언가를 갑판 위에 얹은 대형 선박도 뒤따라 나타났다. 수평선 너머에서 검은 연기가 솟구쳤다가 곧 스러졌다. 어느 배의 굴뚝에서 피어오른 연기였다. 그런데도 누구 하나 조명탄 소리를 꺼내지 않았다. 소용없다는 걸 알기 때문이었다.

류는 다음 기회를 위해 참아야 한다는 생각도 들었다. 당장에라도 더 가까운 바다로 배가 지나갈지 몰랐다. 정말로 필요한 때를 위해 조명탄을 아끼는 편이 나았다.

섬에서 멀어질까 두려웠지만 섬으로 끌려가는 것 또한 마찬가지였다. 다른 배와 마주칠 가능성을 생각하면 그래도 바다에 있는 게 나을지 몰랐다. 하지만 굳이 망원경으로 확인하지 않아도 수평선이 울퉁불퉁하게 흔들리는 게 보였다. 거센 파도가 밀려들고 있었다. 천우신조호는 갑판이 온통 물에 잠기도록 기울었다 일어서기를 반복하고 있었다.

류는 라이프 라인에 의지한 채 앞갑판으로 움직였다. 용납하지 않겠다는 듯 선수가 높이 들리며 시야를 가렸다가 곧 바다로 잠겨 들었다. 갯바위 해안이 눈앞에 부쩍 다가와 있었다. 천우신조호는 갯바위 해안을 향해 곧장 내달리고 있었다. 파도가 집어삼킬 듯 앞갑판을 덮쳤다가 빠르게 물러났다.

그런데 파도가 무언가를 남겼다. 류는 심장이 얼어붙은 것 같았다. 보는 순간 알았다. 머리가 깨닫기도 전에 눈이, 몸이 먼저 직감했다.

그건 신발 한 짝이었다.

손톱보다 작은 형광색 나이키 문양이 촘촘히 박힌 검은 스포츠 샌들. 뭐고, 동생 거가? 누군가 놀리듯 하는 말에 그저 순하게 웃던 그 얼굴이 선히 떠올랐다. 장진의 스포츠 샌들이었다. 그건 장진이었다. 더할 나위 없는 장진이었다. 계단으로 흐르던 핏물보다, 장진이 사라진 뒤의 그 텅 빈 갑판보다 더.

어쩌면 신발은 내내 거기 있었는지도 몰랐다. 파도에 실려 왔나는 건 류의 착각일 따름인지도 모르는 일이었다. 사고의 순간에 장진이 샌들을 신고 있었던가? 류는 기억이 나지 않았다. 그럴 것 같지는 않았다. 물놀이를 하다 뛰어 올라온 참이었다. 갑판 여기저기에 신발이 흩어져 있었다. 그렇게 갑판 어딘가에서 뒹굴던 신발이 파도에 모습을 드러낸 것일 수도 있었다. 그편이 합리적인 추측이었다.

그런데도 신발이 돌아온 거라는 기분이 들었다. 장진이 되돌아온 것만 같았다. 신조를 향해 헤엄쳐 오던 그 환한 모습과는 몹시 다르게, 웃음도 어색한 눈길도 없이, 조용히 태호를 앞세우던 손길도 없이, 누구라고 이름을 붙일 수도 없는 한낱 신발 한 짝의 모습으로.

류는 울음을 터뜨렸다. 장진은 죽었다. 죽어 버렸다. 그 생각은 하지 않으려 했는데, 궁금해하지도 않으려 했는데 그만 더없는 모습으로 들이닥쳤다. 장진을 생각하면 당장 해야 할 일을 하지 못할 줄 알았다. 장진을 그렇게 죽게 만들었다는 사실을 인정하면 스스로를 용서할 수 없을 것 같았다.

그러나 류는 움직이고 있었다. 장진에게 눈길을 사로잡힌 채 울면서도 몸은 살길을 찾아가고 있었다. 죽고 싶지 않았다. 살고 싶었다.

문득 바다가 천우신조호를 뒤로 잡아당겼다. 뒷덜미를 잡혀 끌려가는 것처럼 천우신조호는 오른쪽 라이프 라인이 바다에 잠기도록 기울어진 채 와락 뒤로 떠밀려 갔다. 그러나 그건 시위를 당기는 일인 모양이었다. 바다는 곧장 천우신조호를 섬으로 힘껏 밀었다.

류는 라이프 라인에 걸었던 고리를 풀었다. 라이프 라인을 두 손으로 붙잡고 비틀비틀 통로를 따라 걸었다. 후갑판에 모여 있던 애들이 놀란 눈으로 류를 봤다.

"조타실로 간다!"

류는 그렇게 말하고 계단을 뛰어 올라갔다. 신조도 조타실로 뒤따라왔다.

"어쩔라고?"

"모르겠다. 뭐라도, 뭐라도 할라고. 휠이라도 잡아 볼라고."

류는 조종석에 달린 작은 핸들을 움켜잡았다. 요동치듯 움직이는 키가 손바닥에 느껴졌다. 류가 감당할 수 있는 힘이 아니었다. 하지만 그것밖에 매달릴 수 있는 게 없었다. 어쩌면 조금, 아주 조금쯤은 가능할지 몰랐다. 그렇게 비는 수밖에 없었다.

장진을 죽음으로 몰아넣은 것도 아주 작은 틈이었다. 붐을 붙잡고 있던 밧줄이 조금 풀린 것, 붐이 아주 조금 더 움직인 것, 장진이 조금 더 머리를 세우고 있었던 것. 죽은 것만 같던 장진이 조금 늦게 기침을 터뜨린 것.

갯바위들은 빈틈없이 섬을 지키는 병사 같았다. 천우신조호가 빠져나갈 자리는 없었다. 그러나 좁은 틈 정도는 있을 터였다.

신조노 류의 생각을 짐작하는 듯했다. 갑판으로 고개를 내밀고 애들한테 소리쳤다.

"뒤쪽으로 더 가라! 하니스 다시 확인하고, 몸을 최대한 웅크려서 머리 감싸고…… 모르겠다! 조심해라! 다들 조심해라!"

퉁!

무언가에 부딪치며 요트가 흔들렸다. 바닥이 암초를 스친 것 같았다. 그러나 속도를 줄이기에는 역부족이었다. 천우신조호는 갯바위 해안으로 달려들었다. 충돌을 피할 길이 없었다. 나란히 붙어 선 두 개의 갯바위를 향하고 있었다. 하지만 그 갯바위 사이로 작은 공간이 있었다. 수면 아래는 알 수 없었다. 어쩌면 사나운 암초가 도사리고 있을지도 몰랐다. 그래도 갯바위에 선미를 곧장

들이받는 상황만 피할 수 있다면.

　류는 온 힘을 다해 휠을 돌렸다. 신조도 달려들어 같이 매달렸다. 장진아, 미안하다……. 류는 저도 모르게 생각했다. 어쩌면 소리 내어 말했을지도 몰랐다. 신조가 울음을 터뜨렸다. 어쩌면 그건 류의 울음인지도 몰랐다. 장진아, 미안하다. 정말 미안하다……. 그러나 류는 간절히 휠에 매달렸다. 죽고 싶지 않았다. 살고 싶었다. 무어라도 해야 했다. 신조와 함께 죽을힘을 다해 휠을 당겼다. 어깨가 부서질 것 같았다. 온몸이 부들부들 떨렸다. 그래도 조금, 아주 조금은 키가 움직이는 것 같았다. 류는 휠을 붙잡은 채 눈을 들어 정면을 봤다. 그 순간 휠이 반대로 급격히 돌았다. 신조는 휠을 놓치고 바닥으로 나뒹굴었다. 류는 끝내 휠에서 손을 떼지 않았지만 그저 매달려 있을 뿐이었다. 천우신조호는 돌연 왼편으로 기울어졌다. 그대로 두 개의 갯바위 사이로 머리를 들이받았다.

　쾅!

# 장진

속보.

요트를 타고 나갔던 실종 고교생, 해운대 해수욕장에 시신으로 떠내
려와.

5부

# 속보

구명보트가 발견되었다.

울산에서 40킬로미터 떨어진 해상, 수색으로 발견된 것은 아니었다. 구명보트에 실려 있던 위성 조난 송신기, 이퍼브(Emergency Position Indicating Radio Beacon) 덕분이었다. 바람이 빠진 채 반쯤 가라앉아 있던 구명보트에서 이퍼브가 작동한 것이다. 그로 인해 시작된 수색에서 구명조끼와 스노클링 고글도 발견되었다.

구명보트의 발견에 구조 당국은 심각한 우려를 표했다. 울산 앞바다는 전혀 예측하지 못한 구역이었다. 수색이 방향을 틀었다. 주변 해상 수색이 강화되었고, 새로운 분석이 추가되었다. 예상되는 항로의 모든 선박들에 도움을 요청했다. 그러나 계절에 맞지 않는 태풍이 다가오고 있었다.

수색은 일시 중단될 전망이다.

# 섬

천우신조호는 해안에서 가장 먼 쪽에 있는 두 개의 갯바위 사이를 들이받고 멈춰 섰다. 바위 사이에 뱃머리가 낀 채 옴짝달싹 못 했다.

그런 상황에서도 누구 하나 다치지 않았다. 갑판에 있던 노아는 아멘이라고 몇 번이고 입속으로 읊조렸다. 단단히 끼어 있는 덕분에 요트가 흔들리지도 않았다. 그래도 한참을 꼼짝 못 하고 웅크려 있었다.

어느새 바다는 저녁을 맞이하고 있었다. 해가 지도록 천우신조호는 파도에 휩쓸려 다녔던 거였다. 갯바위 해안은 섬의 북쪽 면이었다. 산마루 너머에서 번져 온 붉은빛은 차츰 보랏빛으로 물들다 동쪽 하늘에 이르러 밤의 빛을 띠고 있었다. 바다의 시간은 흐르는 게 아니다. 물들어 가는 것이다. 이내 온통 어둠으로 물들

터였다.

움직여야 할 때였다. 노아는 천천히 몸을 일으켰다. 희미하지만 계단을 내려오는 발소리도 들렸다. 신조와 류였다. 철제 계단인데도 소리가 거의 나지 않았다. 그럴 만큼 조심스럽게 움직이고 있는 모양이었다. 당장은 요트가 흔들리지 않아도 조마조마하기만 했다. 옆에 있던 천우와 태호도 긴장한 자세로 몸을 일으켰다. 모두 라이프 라인을 꼭 붙잡고서 줄지어 움직였다.

요트는 선미를 들어 올리듯 갯바위에 처박혀 있었지만, 크게 기울어진 건 아니었다. 앞갑판으로 가자 해안이 한눈에 들어왔다.

살아남았다는 사실이 기적 같았다. 천우신조호는 바위를 정면으로 들이받을 수도 있었다. 조금만 더 기울었다면 선체가 옆으로 쓰러졌을지도 몰랐다. 그랬다면 라이프 라인에 매달린 채 모두 물속으로 끌려 들어갔을 터였다. 그런데 갯바위 사이의 좁은 공간을 들이받은 거였다.

섬을 뒤덮고 있는 숲은 이미 어둑해져 있었다. 초록이라고는 알아볼 길 없었다. 천우신조호와 섬 사이도 꽤 멀어서 100미터는 족히 넘어 보였다. 그 사이의 바다는 온통 갯바위였다. 수면으로 드러난 바위가 전부인 것도 아닐 터였다. 그래도 숨을 크게 들이마시면 초록빛을 품은 공기가 느껴졌다. 살았다. 노아는 코끝이 시큰거려 어금니를 꽉 물어야 했다. 살았다. 살아남았다.

그러나 천우신조호는 한심한 몰골이었다. 부딪친 충격에 밧줄이 완전히 풀리며 붉은 제자리를 벗어나 비스듬한 갑판 너머까지 뻗어 수면을 스칠 듯했다.

살롱도 꼴이 말이 아니었다. 싱크대나 테이블에 있던 물건들은 물론이고, 팬트리 문이 열리며 안에 있던 식료품까지 바닥에 함부로 나뒹굴고 있었다. 테이블 주위에 두었던 스마트폰도 모두 어디론가 날아가고 없었다. 사실 노아는 스마트폰을 찾아볼 생각도 하지 않았다. 어차피 그 섬에서는 무엇보다 쓸모없는 물건이었다.

그런데 태호가 기어다니듯 바닥을 더듬어 제 스마트폰을 찾았다. 괜한 짓이 아니었다. 스마트폰 손전등이 어두운 살롱을 환히 밝혔다. 하지만 곧 전원이 나가며 꺼져 버렸다.

"충전기 없냐?"

태호는 그래 놓고 제풀에 헛웃음 쳤다. 그런데 신조가 말했다.

"보조 배터리에 충전 용량 남았을지도 모른다."

신조는 손전등을 켜고 아래층으로 내려갔다. 선실을 뒤지려는 것 같았다. 천우도 싱크대며 테이블 맞은편 장식장이며 뒤적거리기 시작했다. 노아도 뭐라도 하려고 움직였다. 일단 바닥에 나뒹구는 식료품을 대충이라도 치워야 할 것 같았다.

그런데 류가 곁을 지나치는 노아의 팔을 와락 붙잡았다.

"왜?"

노아가 물어도 한동안 어둠을 쏘아보고만 있던 류가 말했다.

"냄새 안 나나?"

"그치? 이거…… 가스 냄새지?"

그렇게 말한 건 태호였다. 노아도 그제야 느꼈다. 살롱에서 가스 냄새가 났다. 싱크대 쪽에 있던 천우가 놀라며 뒷걸음쳤다. 다 같이 급히 후갑판으로 나가며 천우가 소리쳤다.

"이신조! 빨리 나온나!"

대답이 없었다. 노아와 천우가 동시에 다시 선실로 들어가려고 움직이는데, 마침 신조가 살롱으로 올라섰다.

"왜 그러는데?"

"가스 냄새 난다. 가스 새는 거 같다."

천우의 말에 신조도 급히 움직였다. 모두 갑판으로 피했다.

그새 갯바위 해안은 완연히 어두워져 있었다. 어둑한 바다에서 갯바위들은 한층 위협적인 분위기를 풍겼다. 그 바다로 뛰어들 수는 없었다. 오도 가도 못 하는 꼴이었다. 희미한 달빛에 수면이 은은하게 빛나며 규칙적으로 흔들리고 있었다. 그 아래의 세상은 조금도 보이지 않았다. 해저의 상태는 물론이고, 수심도 짐작이 가지 않았다. 그래도 길이 있다면 바다일 터였다.

노아는 구명조끼를 다시 단단히 여며 입었다.

"들어갈라고?"

천우가 놀라 물었다.

"다른 수가 없잖아. 내가 먼저 들어가 볼게."

"수영도 내보다 못하면서! 비켜 봐라. 내가 들어가 볼게. 손전등 어딨노?"

그러면서 천우가 애들을 둘러봤다. 마지막으로 손전등을 들고 있던 건 신조였다. 그런데 신조가 보이지 않았다.

"이신조!"

천우가 소리쳐 불렀다. 신조의 대답이 돌아왔다. 살롱이었다. 신조는 곧 살롱에서 걸어 나왔다.

"야, 너 거길 왜 다시 들어가?"

태호가 놀라 물었다. 신조의 대답은 태연했다.

"밸브 잠갔다. 가스레인지 말고, 싱크대 아래 가스통에 달린 밸브."

"가시나, 하여튼 간이 커 가지고!"

천우가 눈을 부라려도 신조는 도리어 한심하다는 투로 말했다.

"여기나 저기나 뭐 다르노? 어차피 살롱에 불난 것도 아니고."

맞는 소리긴 했다. 그래도 가스 냄새로 가득 찬 살롱에 혼자 들어가다니, 노아도 혀를 내두르지 않을 수 없었다.

그래도 선뜻 살롱으로 들어갈 마음은 나지 않았다. 신조도 마찬가지인 것 같았다. 후갑판 벤치에 나란히 앉아 살롱만 초조하게 지켜보았다. 그것도 얼마 가지 못했다. 먹구름이 저만치 물러난 것 같더니, 부옇게 흐린 하늘에서 추적추적 비가 내리기 시작했다. 종일 젖었다 말랐다 하는 동안에는 몰랐는데, 밤이라 그런지 꽤 추웠다. 아무런 도리가 없자 외려 엄두가 났다.

다 같이 살롱으로 들어갔다. 가스 냄새는 거의 느껴지지 않았다. 신조가 밸브를 잠그고 삼십 분도 되지 않은 것 같은데, 출입문을 활짝 열어 두어서 그새 냄새가 가셔 있었다.

덕분에 어두운 바다로 뛰어드는 신세를 면했다. 비도 피하게 되었다. 천우가 캠핑용 램프를 꺼내 왔다. 건전지로 작동하는 방식인데 다행히 아직 배터리가 남아 있었다. 신조가 선실에서 찾아낸 대용량 보조 배터리도 가득 충전된 상태였다. 테이블 맞은편 장식장 서랍에는 충전 선도 다양하게 있었다.

테이블에 둘러앉으니 자못 캠핑이라도 온 분위기가 났다. 사진을 찍어서 인스타그램에 올렸다면 좋아요도 꽤나 받을 것 같았다. #낭만캠핑 #무인도갬성 #요트의밤

그러자면 사진 앱에서 보정깨나 해야 할 터였다. 다들 후줄근한 몰골이었다. 크게 다치지 않았대도 멀쩡한 꼴은 아니었다. 온몸이 두드려 맞은 듯 아팠고 여기저기 멍 들고 상처를 입었다. 기운도 없었다. 긴장이 풀리자 허기가 몰려들었다.

무심코 냉장고 문을 열던 노아는 손으로 입을 가리며 얼른 닫았다. 냉장실에서 음식물 쓰레기 냄새가 진동했다. 마리나를 떠날 때부터 그랬는데, 전원이 꺼진 동안 상태가 더 심각해져 있었다. 숨을 참으며 냉동실을 열어 보니 역시나 냄새가 좋지 않았다. 피자에 만두에 핫도그에 아이스크림에…… 전부 음식물 쓰레기가

되어 있었다.

그래도 팬트리에 들었던 식료품은 지구 최후의 날까지 멀쩡할 터였다. 라면과 컵라면, 즉석 밥에, 과자, 시리얼, 초코바, 젤리, 참치 통조림과 햄 통조림, 어포, 견과류, 조미김 그리고 즉석 카레와 즉석 짜장도 있었다. 생수도 여러 묶음이었다. 바닥에 뒹굴던 것들을 되는 대로 팬트리에 챙겨 넣고 보니 오히려 처음보다 빈자리 없이 꽉 찼다.

"라면 먹고 싶다."

류가 말했다. 그거야 당연한 마음이지만 가스통을 잠가 버린 터였다. 그런데 신조가 반가운 걸 꺼내 왔다. 휴대용 버너였다. 가스도 있었다.

냄새가 가셨대도 아직 불안했는데 마침 비가 그쳤다. 앞갑판으로 가서 휴대용 버너에 라면을 끓였다. 쉬다 못해 삭아 버린 김치도 꺼내고 끓는 물에 즉석 밥도 데웠다. 수도에서 시원스럽게 물이 나왔다. 페트병에 든 생수만 아니라 음료수도 좀 있었다. 배불리 먹고 뜨듯하나마 콜라와 사이다로 입가심도 했다.

다들 녹은 아이스크림같이 흐물흐물해졌다. 천우는 반쯤 눈을 감은 채 좀비처럼 허우적허우적 아래층으로 내려갔다. 태호도 살롱 소파에 드러누웠고 류는 잠이 든 건지 뭔지 테이블에 엎드려 꼼짝하지 않았다. 신조 혼자 부엌 뒷정리를 시작했다.

"니도 그만 쉬어라. 밝을 때 하자. 손전등 불빛도 아끼는 게 낫겠고."

노아가 말하자 신조는 손에 들었던 빈 그릇을 싱크대에 도로 내려놓았다.

"그럴까."

그렇다고 쉬겠다는 뜻은 아니었다.

"조타실에 올라가야겠다. 누구라도 지켜야지."

"그럼 나도 같이 가자."

그렇게 말한 건 류였다. 류는 피곤한 얼굴로 목을 이리저리 돌리며 테이블에서 일어났다. 그런 류를 신조가 말렸다.

"아이다. 같이 고생할 거 뭐 있노? 언니는 좀 쉬어라."

"알겠다. 그럼 두세 시간 있다가 깨워라. 교대하자."

둘의 대화를 들으며 노아는 우선 해야 할 일 하나를 깨달았다. 조타실을 지키는 순서를 정해야 했다. 그러고 또 뭐가 있더라……. 마리나를 떠났고 바다를 떠돌다 섬에 도착했다. 그렇다면 여기서 해야 할 일을 하나씩 하면 된다.

여태 그렇게 해 왔다. 한 단원 한 과목, 다가오는 과제를 하나씩 하나씩. 그렇게 이루어 왔다. 노아는 팔짱을 끼고 물끄러미 지켜보는 것으로 수학 문제를 풀어내는 천재도 아니고, 소문난 과외 선생의 도움을 받은 것도 아니었다. 캐나다고 필리핀이고 어학연수를 다녀온 것도, 영어 유치원 출신도 아니었다. 엄마 아빠의 뒷배경으로 스펙을 만든 적도 없었다. 굳이 찾자면 담임의 지지와 교장의 후원, 그렇게 말할 수는 있었다. 초등학교 때부터 줄곧 반장이었고, 그 직함에 어긋나지 않는 학생으로 마땅히 주어진 대가를 받았을 따름이었다. 하루하루, 한 달 한 달, 다가오는 날들을 꼬박꼬박 살아 내는 것이 노아가 가장 잘하는 일이었다.

목사의 아들로 태어나 그때껏 주일 예배에 빠진 것도 단 한 번이었다. 중학교 때 급성 맹장 수술을 받았던 한 주였다. 그렇다고 아빠 때문에 억지로 예배에 나가는 것은 아니었다. 노아는 주일 예배를 좋아했다. 대단한 기적을 바라서도, 천국을 믿어서도 아니었다. 노아가 믿는 것은 매주 어김없이 돌아오는 그 시간이었다. 주일 예배란 꼬박꼬박 회개하고 다짐하는 일이었다. 간단하고 명확했다. 노아에게는 그게 은총 같았다.

그런 또 하루였다.

류는 선실로 내려가고 신조는 조타실로 갔다. 노아도 램프를 끄고 살롱 소파에 누웠다. 다리가 애매하게 허공에 떠서 바닥에 넘어져 있던 스툴을 가져와 놓으니 그럭저럭 다리를 펴고 누울 만했다. 신조가 아래층 선실에서 가져다 놓은 담요 하나를 덮었다. 얇지만 꽤 따뜻했다. 다시 내리기 시작한 가만한 빗소리 사이로 옆에서 태호의 고른 숨소리가 꾸준히 들려왔다. 그 소리에 그렇게 마음이 놓일 수가 없었다. 모두 무사히 집으로 돌아오기라도 한 것만 같았다.

모두.

그 생각이 머리를 스치자 장진의 얼굴이 불쑥 떠올랐다. 니도 왔나? 노아가 묻자 어색하게 웃으며 뒷머리를 긁적이던 장진이었다. 돌연 눈물이 솟았다. 노아는 얼른 등받이 쪽으로 돌아누우며 눈을 꾹 눌러 감았다.

섬에 도착한 첫 밤, 다른 생각을 할 때가 아니었다. 눈앞에 주어진 일을, 그것만을 해내야 할 때였다.

깃발.

노아는 망원경 너머로 보이던 그 하얀 천을 떠올리다 잠이 들었다.

# 깃발

비 갠 하늘은 이른 아침부터 눈부시게 밝았다. 바다는 묵은 원한을 나 털어 낸 양 시원스럽게 푸르렀다. 누군가 솜씨를 과시하듯 말끔하게 그은 것 같은 수평선으로 하얀 배가 지나고 있었다. 바다로 나온 뒤 수평선을 지나는 큰 배들을 계속 보아 온 터인데, 그 하얀 배는 유난히 멀리 있는 것 같았다.

태호가 그렇게 말하자 류가 설명해 줬다. 날씨가 맑은 까닭이라고, 덕분에 더 멀리 볼 수 있어서 그렇다고 했다. 수평선이란 결국 사람이 볼 수 있는 한계를 뜻한다. 날씨에 따라, 사람에 따라 수평선의 거리감이 달라진다. 바다의 크기가 달라진다. 둥근 행성에 발을 딛고 사는 그 누구에게도 그러하다. 설명을 들어도 태호는 선뜻 이해가 가지 않았다. 오늘따라 바다가 넓기도 하다, 그저 거기까지였다.

"크루즈인 것 같다."

한참 망원경을 들여다보던 류가 또 말했다. 크루즈라니, 요트만큼이나 영화 같은 소리였다. 무인도에서 바라보는 저 먼 수평선의 하얀 크루즈, 그야말로 이국적이었다.

"대체 우리 얼마나 멀리 떠내려온 거야?"

태호가 암담한 기분으로 물어도 류는 가볍게 어깨를 으쓱했다.

"모르지. 세계 일주 크루즈야 안 가는 데가 없으니까."

부산항에 들르기도 한다고 했다. 일본도 물론이라고 했다. 그러니까 새하얀 크루즈는 섬의 위치를 짐작하는 데 아무런 단서가 되지 못했다. 도움도 될 수 없었다. 조명탄을 생각할 이유조차 없어 보였다.

깃발.

그게 천우신조호가 가진 유일한 단서였다.

시리얼에 과자, 말린 과일로 대충 허기를 달래고 일찌감치 움직이기로 했다. 요트에 갇혀 지낸 지 꼬박 사흘이 되어 가고 있었다.

하지만 아침이 되어도 섬으로 가는 길은 간단치 않아 보였다. 요트에서 섬까지 갯바위들이 줄지어 있기는 하나, 그렇다고 징검다리 삼을 상태는 아니었다. 발로 디딜 만한 바위도 많지 않았고, 바위 사이의 간격이 먼 자리도 많았다. 바닥까지 훤히 들여다보이도록 물이 맑았지만 밝은 때에 보아도 수심을 가늠하기 어려웠다. 갑판 바로 아래는 그리 깊지 않아 보여도 한 걸음 내디딘 다음은 또 모를 일이었다. 파도도 셌다. 바다는 잔잔한데 갯바위 때문에 해안 쪽 파도가 오히려 거친 거였다. 주변에 바위들이 있으니 떠내려갈 염려는 없겠지만, 바위에 부딪혀 위험해질 것 같기도 했다. 일단 움직여 보는 수밖에 없었다.

"그래도 한 사람은 요트에 남아야겠제."

노아가 말했다. 그러고는 섬에 다녀오고 나서 조타실을 지키는 순서도 정하자고 했다. 그걸 워치아웃이라 한다고 신조가 알려 주었다.

일단 류가 요트에 남기로 했다. 아직은 요트 상태가 불안한 터라 그게 제일 나을 것 같았다.

다 같이 구명조끼를 챙겨 입었다. 신조가 먼저 후갑판 사다리를 통해 바다로 내려갔다. 그 뒤를 태호와 천우, 노아가 차례로 따랐다. 바다로 들어간 다음 사다리를 발로 밀어내며 가장 가까운 갯바위까지 갔다. 첫 번째 갯바위에서 다리를 뻗어 보니 발끝이 모래 바닥에 스쳤다. 태호는 그것만으로도 한결 마음이 놓였다. 그래도 모두 긴장한 채 천천히 나아갔다. 얼마 안 되어 단단한 바위에 발이 닿았다. 미끄러질까 봐 갯바위를 손으로 짚어 가며 조심스럽게 걸었다. 마침내 완전히 물속을 벗어났다. 땅을 딛고 섰다.

그런데 이상했다. 태호는 마치 겨우 걸음마를 뗀 듯 걷는 게 어색했다. 화단 난간 위를 걸을 때처럼 중심을 잃을 것 같아 온몸을 긴장하게 됐다. 땅 멀미를 하는 거라고, 신조가 알려 줬다.

"한참 배를 타고 있다 내리면 원래 그렇다. 발밑이 안 흔들리는 게 오히려 어색해진 거지."

"십칠 년을 땅에서 살았는데, 고작 사흘 만에 흔들리는 갑판에 더 익숙해진다고?"

태호는 믿기지가 않았다. 그러자 심오한 진리라도 들려주겠다는 듯 천우가 말했다.

"인간이 참 간사하다니까."

"적응이 빠른 거지."

노아가 말했다. 하여간 같은 사실을 두고도 달라도 너무 다른 둘이 절친이라니, 태호는 새삼 놀라웠다. 자기들도 그렇게 느꼈는지 서로 마주 보고 킬킬대더니 태호에게도 웃어 보였다. 태호도 같이 웃게 되었다. 땅의 힘 같았다.

자갈이 굴러다니는 바닥을 조금 걷다 보니 어색하던 느낌은 금세 사라졌다. 구명조끼도 벗어 버렸다. 햇빛이 얼마나 강렬한지 바다를 건너며 젖었던 옷에서 물기가 사라지는 것이 생생히 느껴졌다. 숲의 발치에 띠처럼 이어진 땅은 폭이 얼마 되지 않았다. 파도가 들지 않는 자리가 2미터도 안 되어 보였다. 조금만 파도가 세도 온통 물벼락일 터였다. 숲의 가장자리까지도 파도가 들이칠지 몰랐다. 그 때문에 등성이를 따라 완만하게 이어지던 숲이 해안에 이르러 뚝 끊어진 것 같았다. 해변 바닥과 숲 사이에 1미터 남짓한 높이 차이가 있었다.

마침내 숲으로 발을 들였다. 노아가 앞장섰다. 물론 등산로 같은 건 없었다. 그나마 걷기 수월해 보이는 자리를 골라 가며 줄지어 숲을 지나갔다. 눈에 익은 숲이었다. 대부분의 나무들이 소나무거나 혹은 소나무를 닮은 것들이었다. 나무 아래 자라난 풀들도 그랬다. 이따금 들려오는 새소리는 괴상했지만, 그러다 풀쩍 날아오르는 모습은 그다지 낯설어 보이지 않았다.

나무들이 꽤 빽빽하게 자라 있어 언덕을 오르기가 그리 만만하지는 않았다. 생각보다 경사가 가팔랐고 나뭇가지들이 얽혀 길을 막기도 했다. 반쯤 쓰러진 나무 아래를 기어가거나 바위를 타 넘기도 했다. 그래도 오래지 않아 가지 사이로 하늘이 보였다. 곧 산마루였다.

마치 정수리를 드러낸 것처럼 산마루는 덩그러니 비어 있었다. 넓적한 바위가 자리하고 있어 나무들이 뿌리 내릴 수 없는 곳이었다. 기어이 거기까지 오른 덩굴식물과 키 작은 풀들만 어수선하게 자라나 있었다.

그곳에 깃발이 있었다.

기다란 장대에 하얀 깃발이 걸려 있었다. 요트에서 상상했던 것과 조금 다르긴 했다. 깃대가 아닌 기다란 나뭇가지였고, 네모난 천이 아닌 하얀 셔츠였다. 보통 아저씨들이 흔히 입는 반팔 러닝 셔츠 같았다. 옆구리를 찢어서 펼쳐 나뭇가지에 묶어 둔 거였다. 칼이나 가위가 아니라 손으로 힘주어 찢어 낸 것 같았다. 찢어진 자리가 나달나달했다. 어쩌면 처음에는 달랐을지 몰랐다. 찢어진 자리만 아니라 셔츠 자체가 닳아빠진 상태였다.

실망스러운 침묵에 잠겨 들었다. 따로 얘기한 적은 없지만, 아마도 모두의 머릿속에 제법 버젓한 깃발이 펄럭였을 터였다. 국기 게양대만큼은 아니어도, 아무튼 무언가 좀 더 번듯한, 도시에 걸렸을 법한, 희망적인 그런 깃발. 그런데 그건 그저 무인도에나 어울리는 깃발이었던 것이다.

"이걸 여기다 어떻게 세웠노."

노아가 그렇게 말하며 발치의 돌멩이를 가볍게 툭 쳤다. 신조가 얼른 그 돌멩이에 발끝을 가져다 댔다.

"조심해라."

그럴 만큼 깃대는, 아니 나뭇가지는 아슬아슬해 보였다. 그때껏 서 있는 것만도 용했다. 산마루의 넓찍한 바위는 나뭇가지를 세울 만한 곳이 못 됐다. 그런데 용케도 비좁은 틈을 찾아 나뭇가지를 꽂고, 그 둘레에 돌멩이를 두둑하게 쌓아 세워 둔 거였다.

"혹시나 군대 깃발이 아닐까 했는데."

노아가 중얼거리듯 말했다. 그러고는 모두를 돌아보며 말을 이었다.

"나도 잘은 모르는데, 우리 사촌 형이 해병대거든. 무인도가 군사적으로 중요하다는 말을 들은 적 있다. 부대가 주둔하지는 않아도 만약을 대비해서 참호 같은 걸 만들어 두기도 한다더라고."

그 말을 듣고 보니 태호도 기억나는 게 있었다. 해운대에서 기장까지 바다를 따라 난 산책로에서 나무 데크 아래쪽에 있는 군사 시설을 본 적 있었다. 처음에는 버려진 건물인가, 짓다 만 건물인가 했는데, '군사 시설이니 민간인의 출입을 금한다.'는 표지판이 붙어 있었다.

"군대면 태극기를 걸지 이런 걸 걸겠나."

신조가 말했다.

아무튼 사람이 세운 건 분명했다. 숲에서 깃대 삼을 만한 나뭇가지를 찾아야 하고, 셔츠를 찢어서 펼친 뒤 나뭇가지에 묶어야 했을 터였다. 돌멩이도 일부러 숲에서 주워 온 것 같았다. 누군가 그렇게 애써 깃발을 걸어야 했던 거였다.

"혹시 우리처럼 떠내려온 사람이었을까?"

태호는 그렇게 생각하지 않을 수 없었다. 다들 짐작할 만한 일이었다. 다음으로 드는 의문도 당연했다.

"어떻게 섬을 떠났을까?"

신조였다. 그런데 천우가 한마디를 보탰다.

"혹시 아직 여기 있는 거 아닌가?"

"깃발 꼴을 봐라. 몇 달, 아니 몇 년은 이렇게 걸려 있었던 거 같은데."

신조의 지적에도 천우는 우겼다.

"모르지. 무인도에서 몇 년을 살았다…… 그런 영화 있지 않나?

웹툰인가? 아무튼."

그런데 노아가 하늘을 가리켰다.

"저 햇빛 좀 봐라."

나무 그늘 하나 없는 산마루로 햇빛이 사정없이 쏟아지고 있었다. 비바람을 피할 수 없는 것도 물론이었다. 몇 년 아니라 며칠만에도 천이 바랠 수 있을 것 같았다. 천우도 하는 수 없다는 듯 고개를 주억거렸다.

"그래, 얼마 안 된 걸지도 모르겠네. 혹시……."

그러고는 숲을 둘러보며 덧붙였다.

"깃발 말고 뭐 딴 거 또 없을까?"

축 늘어진 깃발 같던 분위기가 되살아났다. 어쩌면 깃발은 시작일 뿐인지도 몰랐다. 다시 움직이기 시작했다.

천우신조호가 있는 갯바위 해변과는 반대되는 방향으로 길을 잡았다. 백사장이 있는 쪽이었다. 내려가는 길이 더 어려웠다. 좀더 가팔랐고, 발을 디디면 흙바닥이 무너지듯 흘러내리는 자리가 많았다. 나뭇가지에 의지해 조심스럽게 내려가야 했다. 그래도 거리 자체가 얼마 되지 않았다. 곧 숲에서 빠져나갔다.

바다에서 볼 때도 그랬듯 과연 아름다운 해변이었다. 새 발자국만 드문드문 남아 있는 백사장은 생크림처럼 희고 고왔다. 썰물때인지 젖은 자리가 넓게 펼쳐져 있었는데, 난데없는 인간의 침입에 놀라 허둥지둥 도망치는 게들로 시끌시끌한 소리마저 들려올 것 같았다. 게들 딴에는 죽기 살기로 도망치는 것일 텐데, 인간의 눈에는 그마저도 한가한 풍경 같았다.

하늘도 나른했다. 파랗게 펼쳐진 하늘에 붓으로 그린 듯 희미한 구름이 길게 드리워져 있었다. 모퉁이를 돌면 커다란 리조트가 나온대도 어색하지 않았다. 손바닥만 한 해변만 있어도 펜션에 식당에 야단인데, 그 아름다운 해변에 아무것도 없다는 게 오히려 이상한 일이었다.

그런 풍경에 설득이라도 당한 듯 하나둘 백사장에 자리 잡고 앉았다. 천우는 아예 벌러덩 드러누워 팔뚝으로 눈가를 가렸다. 마치 물놀이를 하다 잠시 낮잠이라도 청하는 것 같았다. 태호도 따라 누워 버렸다. 노아도, 결국 신조도. 기분 좋게 데워진 백사장에 누우니 몸이 노곤해졌다. 한동안 그러고 있다가 노아가 먼저 겨우 몸을 일으켰다.

"가자."

아직 해가 중천이었다. 그래도 여유 부릴 때가 아니었다.

백사장에서 해안을 따라 더 가 보기로 했다. 그러다 보면 결국 섬 반 바퀴를 돌아 요트가 선 해안에 이를 터였다. 그리 오래 걸리지 않을 것 같았다. 그런데 백사장이 끝나는 자리에서 길이 막혔다. 갯바위가 하나둘 늘어난다 싶더니 문득 그마저 사라지고 언덕에서 바다로 곧장 내리닫는 절벽이었다. 수심이 깊지 않아 보였지만, 바다로 들어가는 건 좋지 않은 생각 같았다. 구명조끼도 갯바위 해안에 두고 온 터였다.

다시 백사장을 가로질러 반대편으로 갔다. 그쪽도 거친 바위로 이루어진 해안이었지만, 그럭저럭 바위를 기어올라 지날 만했다. 다시 숲으로 들어서 조금 가다 보니 나무 사이로 천우신조호가 보였다. 작은 섬이긴 해도 낯선 곳을 더듬더듬 다니느라 시간이 꽤 흘러 있었다. 바닷빛이 어느새 어둑했다. 그런 참에 천우신조호를 보니 태호는 반가운 마음이 들었다. 해안에 가까운 숲길을 지나, 다시 갯바위 사이를 헤엄쳐 요트로 돌아갔다.

"웰컴 홈!"

류가 자못 활기찬 인사로 애들을 맞이했다. 홈,이라니 그야말로 안 될 소리였다. 그래도 갑판에 오르니 태호는 절로 안도의 한숨을 쉬게 되었다.

류도 바쁜 하루를 보낸 터였다. 아침의 크루즈를 시작으로 드문드문 배들이 나타났다고 했다. 조명탄을 터뜨릴 만큼 가까운 건 아니었지만. 그러면서 류는 다 같이 해야 할 일을 생각해 두었다고 했다.

살롱 테이블 위에 빈 페트병이 잔뜩 있었다. 여기저기 뒹굴던 걸 류가 한자리에 모아 둔 거였다. 물론 재활용 쓰레기 분리배출을 하려는 건 아니었다.

"생각해 봤는데, 노느니 뭐라도 하는 게 안 낫겠나? 우리가 여기 있다는 걸 전할 방법을 좀 생각해 봤다."

일단 쪽지를 써서 페트병에 넣어 바다로 띄워 보내자고 했다.

수학여행 마지막 이벤트도 아니고, 태호는 황당했다. 다들 시큰둥했다. 그런데 천우가 류 편을 들었다.

"혹시 아나? 누가 발견하고 신고해 줄지."

천우가 신조를 돌아보며 말을 이었다.

"기억 안 나나? 전에 그 갈매기사랑호 아줌마 모자."

신조도 뭔가 생각난 표정이었다. 그러니까 전에, 바다로 나가서 스노클링을 하는데 챙이 큰 모자가 파도에 실려 왔다고 했다. 쓰레기를 치운다는 심정으로 요트에 싣고 마리나로 돌아갔는데, 알고 보니 그게 같은 계류장에 정박해 있던 갈매기사랑호 주인의 모자였다는 얘기였다.

"그서야 광안대교 교각 바로 앞이나 마찬가지였지."

신조가 마지막으로 덧붙였다. 그런데 사방 어디로도 육지라고는 안 보이는 외딴 섬이었다. 그래도 류는 또 말했다.

"어차피 할 일도 없잖아."

더없이 분명한 사실이었다. 긴 밤이 될 게 뻔했다.

라면을 끓여 저녁을 먹고 한자리에 둘러앉았다. 천우신조호의 사연을 적은 쪽지를 페트병에 넣어 바다로 던졌다. 약 올리듯 파도를 타고 곧장 되돌아오는 페트병도 있었지만 대충 보기에도 절반은 바다로 떠내려갔다. 다른 아이디어도 나왔다. 요트에 깃발을 걸자고 한 것은 노아였고, 신조는 바다로 향하게끔 거울을 내달자고 했다. 태호는 영화나 드라마에서 자주 보았던 장면을 의견으로 냈다. 백사장에 S.O.S라고 써 두자는 거였다. 그 의견이 가장 큰 박수를 받았지만, 당장 할 수 있는 일은 아니었다. 다른 일들도 깜깜한 밤에 하기에 적당하지 않았지만, 준비는 해 두기로 했다.

손님용으로 썼다는 하얀 식탁보에 커다랗게 S.O.S라고 썼다. 네임펜과 사인펜을 전부 동원해서 다 같이 그림을 그리듯 완성했다. 화장실이며 선실이며 죄 뒤져 요트에 있던 화장품들에서 손거울이 달린 뚜껑을 떼어 냈다. 순간접착제도 있었다. 작은 손거울이지만 햇빛을 받으면 강한 빛을 쏠 터였다.

마지막으로 조타실을 지킬 순서를 정했다. 그 밤의 첫 번째 당번은 노아였고, 그다음이 천우였다. 밤에는 네 시간마다 교대하기로 했다.

그리고 각자 잠자리를 찾아갔다. 신조랑 류는 큰 선실을, 남자애들 셋이 작은 선실 두 개를 번갈아 쓰기로 했다. 셋 다 동시에 잠자리가 필요할 때는 한 사람이 살롱 소파에서 자면 되었다. 노아가 조타실로 가니 태호랑 천우는 선실을 하나씩 쓸 수 있었다.

태호는 원래 신조가 썼다는 선실에 자리 잡고 누웠다. 현창에 드리운 암막 커튼을 걷으니 파도가 가볍게 창을 두드리고 물러났다. 창문에 하얀 물거품이 남았다 곧 스르르 녹아내리듯 사라졌다. 어둠이 깊은 바다에서 물거품은 더욱 하얗게 빛나는 것 같았다. 현창은 수면과 거의 같은 높이였다. 원래는 반 이상 바다에 잠기는 건데, 갯바위 사이를 들이받으며 뱃머리가 조금 들려 현창이 평소보다 높아져 있는 거였다.

눈앞에서 뻔히 파도가 치고 있는데도, 어느덧 네 번째 밤이었는데도, 태호는 그 자리를 믿을 수가 없었다. 바다라니, 요트라니, 무인도라니, 표류라니. 태호가 아는 인생은 지하철 노선도 같은 것이었다. 어려서 부모님을 하루에 잃었다, 여덟 살 때 고아가 되었다, 그렇게 말하면 굉장히 극적인 인생 같았다. 그건 보통 겪지 않는 일이긴 했다. 하지만 태호가 기억하는 하루하루는 어김없이 달리는 지하철과 다르지 않았다. 이미 딸과 사위를 잃은 할머니가 남은 손자까지 황당무계한 사고로 잃는다는 건 말이 안 됐다. 할머니, 조금만 기다려요. 곧 제 자리로 돌아갈게요. 확신에 가까운 감정이 밀려들었다. 그렇게 믿고 싶은지도 몰랐다. 하지만 털어놓듯 말하던 장진의 얼굴이 떠올랐다. 나는 사실 집에다 연락을 못 했다. 요트의 전원이 나가고 다들 집에다 이런저런 핑계를 댔는데, 장진은 그냥 스마트폰을 꺼 버렸다고 했다. 더 이상의 설명이 없었는데도 태호는 짐작할 수 있었다.

장진은 집에다 흔한 거짓말도 해 본 적 없는 애였다. 집으로 돌아가지 않는 날 같은 건 절대로 없었을 인생이었던 것이다. 그러나 바다로 휩쓸려 가고 말았다.

바다에서 사라진 사람들 누구나 그랬을지 몰랐다. 할머니……. 다시 애써 봤지만 태호는 더 이상 약속의 말 같은 걸 생각할 수 없었다.

# ㄱ

일찌감치 눈이 떠졌다. 현창에 암막 커튼을 쳐 두어 어둑한데도 요트에서는 언제나 그랬다. 선체가 기울어져 아예 수면 아래 잠겨 있어도 다르지 않았다. 바다에만 있는 빛이 감돌고 있었다.

느긋하게 굴 때가 아니라는 걸 알면서도 신조는 침대에서 늑장을 부리게 됐다. 내내 그러고 있고만 싶었다. 엄마 아빠가 쓰던 선실이지만 그곳은 여전히 신조의 자리였다. 마지막으로 남은 자리였다.

서울 이모네 집에는 이미 신조의 방이 마련되어 있었다. 고양이세 마리와 함께 사는 이모네 손님방은 전부터 신조 방이나 다름없었다. 그런데도 일이 그렇게 되고서 이모가 방을 새로 단장했다. 커튼도 사고 책상도 새로 들이고 도배도 다시 했다. 그럴 때마다 이모는 신조에게 링크나 사진을 보내며 의견을 물었다. 그런 걸로 기분을 풀어 줄 수 있다고 여기는 것 같았다. 신조도 "ㅋㅋ"이나 "ㅇㅇ" 따위의 답장을 보내기는 했다.

천우에 비하면 불평 같은 걸 할 처지가 못 됐다. 천우는 큰아버지네로 가야 했고, 서울에서 대학을 다니는 사촌 방을 쓰게 될 터였다. 아침저녁으로 큰아버지랑 마주 앉아 밥을 먹어야 했다. 가족에게 쏟아질 욕을 다 먹어야 했다. 그에 비하면 신조는 행운이라 여길 만했다. 그런데도 신조는 어쩐지 오빠만은 제 마음을 알아줄 것 같았다.

집.

우리 집이 아니라는 점에서는 이모네도 큰아버지네와 다를 바 없었다. 차라리 어딘지 모를 무인도 갯바위에 처박힌 천우신조호가 신조에게, 천우에게 집이라 부를 수 있는 곳이었다.

머리 위에서 발소리가 분주해지고 있었다. 신조도 억지로 일어나 살롱으로 올라갔다. 다들 대충 아침을 때우고 지난밤 하던 일을 이어 갔다. 화장품에서 떼어 낸 거울들을 여기저기에 붙였다. 천우가 비스듬한 돛대에 최대한 높이 올라가 깃발을 매달았다. S.O.S는 백사장으로 가야 하는 일이었다. 섬을 좀 더 살펴보아야 하기도 했다.

태호가 요트에 남기로 했다. 조타실을 지켜야 하는 차례이기 때문이었다. 나머지는 다시 바다를 건넜다. 바닷물이 전날보다 조금 차가웠다. 하루 새 기온이 좀 떨어진 것 같았다. 좀 더 일찍 움직여서 그런지도 몰랐다. 그래도 한 번 지나 본 바다라 수월하게 건널 수 있었다.

해안에 도착해서 둘씩 나누어 움직이기로 했다. 방향을 정해서 숲을 살핀 뒤 백사장 해변에서 만나 S.O.S를 만들고 돌아오자는 계획이었다. 당연하다는 듯 노아와 천우가, 그리고 신조와 류가 팀을 이루는 분위기가 됐다.

하지만 신조는 생각이 달랐다.

"오빠랑 내랑 같이 갈게. 노아 오빠가 류 언니랑 같이 가라."

"왜?"

천우는 별 해괴한 소리를 다 듣는다는 표정을 지었다. 그래도 신조는 마음을 바꾸지 않았다.

"뭐가 왜야? 혹시 위험한 일이 있을지도 모르는데, 여자끼리 가는 건 좀 그렇잖아."

여자가 어쩌니 하는 소리는 딱 질색이지만 당장 생각나는 핑계가 그것밖에 없었다. 오빠랑 같이 가고 싶어. 그런 말은 죽어도 입밖으로 나올 것 같지 않았다. 다들 어이없다는 표정이었지만 신조의 뜻에 따라 주었다.

노아랑 류는 전날 포기한 절벽 쪽으로 가기로 했다. 이번에는 바다가 아니라 숲을 가로질러 가기로 했다. 최대한 해안에 가까운 자리를 따라가다 보면 절벽 위쪽 숲에 이를 터였다. 신조랑 천우는 반대 방향으로 숲을 돌아보기로 했다. 혹시 몰라 다들 구명조끼를 입은 채 숲으로 들어섰다. 깃발을 찾아갈 때처럼 언덕을 조금 오르다 서로 갈라졌다.

신조랑 천우는 산마루로 곧장 오르지 않고 비스듬히 숲을 가로지르기 시작했다. 숲 사이로 바다가 언뜻언뜻 보이는데도 파도 소리는 잠결처럼 아득했다. 숲은 냉담하게 느껴질 만큼 조용하기만 했다. 새소리 하나 들려오지 않았다. 신조랑 천우도 말없이 걸었다. 빠른 속도는 아니었다. 지팡이 삼을 만한 나뭇가지를 집어 든 천우가 자꾸만 걸음을 멈추고 땅을 쑤셔 댔기 때문이었다.

"뭐 하노?"

마음과는 달리 핀잔을 주는 말투가 되어 버렸다. 천우도 질세라 신조를 흘겨보며 혀를 쯧쯧 찼다.

"뭐 하기는? 물 찾는다."

"물?"

"그래, 물. 영화 같은 데서 못 봤나? 땅을 파면 물이 나오고 그러잖아. 아침에 보니까……."

이천우답게 투덜대던 말투가 잦아들었다. 멋쩍은 듯 발아래의 땅을 푹푹 쑤시며 말을 이었다.

"……수돗물이 영 시원찮더만. 탱크에 물이 얼마 안 남아서 그런 거 같은데."

신조도 느꼈던 바였다. 전날 저녁으로 라면 끓일 때 보니 부탄 가스도 그게 마지막이었다.

"그런다고 물이 나오나? 그 전에 집에 갈 생각을 해야지."

"쳇. 왜, 배라도 예약해 놨나?"

또 저답게 배배 꼬인 소리를 하던 천우가 나뭇가지를 저편으로 획 내던지며 중얼거렸다.

"집이 있는 거도 아니고."

신조는 그만 우뚝 섰다. 집. 오빠도 그랬던 것이다. 집이라는 말조차 잊은 기분을 아는 것이다. 몇 걸음 앞서가던 천우가 신조를 돌아봤다.

"왜?"

"오빠, 있잖아."

"뭐가 있어?"

퉁명스럽게 물으면서도 천우는 신조 가까이 돌아왔다. 신조는 그만 눈길을 떨어뜨렸다. 하고 싶은 말이 넘치도록 많아도 이상하게 오빠한테는 입이 떨어지지 않았다. 당연한 일인지도 몰랐다. 오빠랑 이야기다운 이야기를 해 본 게 언제인지 기억도 나지 않았다.

"아, 왜."

천우가 재촉했다. 신조가 눈을 슬쩍 들자 천우가 또 슥 눈을 피했다.

"오빠 니 대구 가기 싫제?"

천우가 신조를 보며 헛웃음을 쳤다. 그건 하늘에 해가 하나냐고 묻는 소리였다. 신조도 그만 웃음이 났다. 그래도 다시 물었다.

"대구 가서 살기 싫제?"

"왜, 싫다면 내랑 바꿔 줄 거가? 내가 느그 이모 집으로 갈까?"

그러고 천우가 또 깐죽거려도, 신조는 진지하게 말을 이었다.

"나도 서울 가기 싫다."

"웃기고 있네. 즈그 이모랑 좋아 죽는 사이면서."

"이모야 좋지. 이모 집도 좋고 이모 고양이들도 좋고……. 근데 우리 집이 아니잖아. 오빠, 나 있잖아, 그냥 부산에 있고 싶다. 부산 살고 싶다."

천우는 하늘을 향해 큰 소리로 한숨을 토해 냈다. 한 번으로 모자라 또 한 번, 다시 한 번. 신조는 그 마음이 다 들리는 것 같았다.

"오빠 니도 그렇잖아."

"가스나야, 철딱서니 없는 소리 좀 그만해라. 우리가 지금 그럴 처지인 거 같나? 서울에서 살고 싶니, 부산에서 살고 싶니, 고를 처지냐고."

"왜 못 하는데?"

그만 발끈했다. 작정한 이야기는 아니었다. 그냥 오빠랑 둘이 이야기를 좀 하고 싶을 뿐이었다. 신조의 마음을 알아줄, 아니 그 마음과 같을 단 한 사람이었다. 부산에서 살고 싶다. 말이라도 해 보고 싶었다.

그런데 꺼내 놓고 보니 말이 안 되는 소리가 아니었다. 신조는 정말이지 서울로 가고 싶지 않았다. 부산에 살고 싶었다. 전처럼 큰 아파트가 아니라도 좋았다. 요트가 없어도 좋았다.

부산. 신조는 그중에서도 해운대에서 나고 자랐다. 날마다 바다를 보고 살았다. 세상 어디보다 그 바다가 좋았다. 하와이니 필리핀이니 호주니, 아름답기로 이름난 바다로 여행도 다녔지만 돌아오면 언제나 그런 생각이 들었다. 해운대가 최고지. 천국 같은 물빛이 아니어도, 신비한 산호초가 없어도, 돌고래가 뛰어놀지 않아도, 그래도. 그곳은 바다, 다름 아닌 신조의 바다였다.

바다는 계속 그럴 수 있었다. 엄마 아빠가 망해 버렸다 해도, 가난해졌다 해도, 바다는 그 자리에 있었다. 오빠도 다르지 않았다. 그게 집이었다. 집, 우리 집.

"오빠. 우리 그냥 부산에서 둘이 살래?"

목구멍이 보이게 입을 딱 벌리던 천우가 숲이 울리도록 큰 소리로 웃어 댔다. 그러다 웃음을 뚝 그치고는 말했다.

"얼척이 없다."

그러나 신조는 오빠의 눈빛을 읽을 수 있을 것만 같았다. 오빠도 설레고 있었다. 돌아갈 집이 있을지도 모른다는 사실을 깨닫고 있었다.

"안 될 것도 없잖아."

"뭐 먹고 살 건데?"

"우리 둘이 벌면 되지."

"어디서 살 건데?"

거기서는 말문이 막혔지만 그래도 방법을 찾을 수 있을 것 같았다. 신조는 일단 떠오른 생각부터 말했다.

"이모랑 큰아버지한테 도와달라고 하지, 뭐."

"거지가?"

"거지는 무슨. 우리 미성년자잖아. 어른들한테 의지할 수도 있지. 그리고 거지면 좀 어떻노? 돈 없으면 도움받는 거지. 그게 뭐 창피한 일이가?"

"밥 먹고 할 일 없으니까 오만 쓸데없는 생각이나 하고 있제. 말이야 쉽다. 말이야 쉬워."

그건 그랬다. 과연 어른들이 허락해 줄지, 대체 뭘 해서 돈을 벌지, 무엇보다 막상 둘이 얼마나 싸워 댈지도 걱정이었다. 그래도 할 수 있다고, 신조가 다시 말해 보려는 참이었다.

"이미 늦은 일이다."

천우가 맥이 다 빠진 목소리로 중얼거렸다. 그러고는 또 한숨을 푹 내쉬더니 나무 사이 바다로 눈을 돌리며 말을 이었다.

"미안하다, 이신조. 하나밖에 없는 오빠가 되어 가지고……. 안 그래도 니한테 한 번은 얘기하려고 했다. 이 일은 내가 다 책임진다. 그러니까 돌아가면 니는 입 딱 다물고 서울로 가라."

"뭘 책임져? 압류? 그거는 몰랐던 걸로, 못 봤던 걸로 하기로 했잖아."

"그럼 장진이는? 사람이 죽었다……."

"그건 모르지!"

신조는 천우의 말을 급히 잘랐다. 그건 모른다. 아직은. 그렇게 믿고 있었다. 물론 그때의 상황을 생각하면 끔찍한 결론을 내는 게 맞았다. 하지만 아무래도 말이 되지 않았다. 어떻게 그리 허무하게 죽어 버릴 수 있단 말인가. 어떻게 일이 그렇게까지 지독하게 흘러갈 수 있단 말인가. 신조는 그게 더 말이 되지 않는 것 같았다.

"모른다고 생각하고 싶을 수 있겠지. 그래…… 그렇지만 돌아가면 어차피 닥칠 일이잖아. 사람이 죽었다. 살릴 수도 있었는데……."

"그건 모른다니까, 아직!"

"시끄럽다! 아무튼 내가 알아서 한다고. 그러니까 니는 오빠가 시키는 대로 했다고만 하라고!"

그때 호루라기 소리가 들려왔다. 멀리서 울렸지만 섬과 어울리지 않는 그 소리는 더없이 분명했다. 노아와 류가 보낸 신호였다. 뭔가 발견하면 호루라기를 불기로 하고 하나씩 챙겨 왔던 터였다.

천우가 먼저 호루라기 소리 쪽으로 걸음을 뗐다. 아직 하고 싶은 말이 많지만 일단은 신조도 따라가지 않을 수 없었다. 호루라기 소리가 재촉하듯 또 울렸다. 뛰다시피 속도를 높여 숲을 가로지르자 곧 노아가 보였다.

노아는 낭떠러지 끝에서 바다를 내려다보고 있었다. 신조와 천우가 가까이 가자 노아는 바다를 가리켰다.

"저게 뭐 같노?"

처음에는 류만 보였다. 류는 백사장 해변 쪽에서 바다로 들어가고 있었다. 그렇게 절벽 아래로 접근하려는 것 같았다. 그러나 저게,라는 말은 류를 가리키는 게 아니었다. 노아가 팔을 뻗어 더 아래를 가리켰다. 천우가 먼저 발견했다.

"안경이가?"

천우가 묻는 순간 신조도 그것을 봤다.

수면 위로 1미터쯤 솟은 바위에 검은 테 안경이 덩그러니 놓여 있었다. 황당하기 짝이 없는 일이었다. 안경? 바다를 통하지 않으면 접근하기 어려운 갯바위에 마치 누가 얌전히 벗어 둔 것처럼 안경이 놓여 있는 거였다.

류가 그 바위에 다다랐다. 울퉁불퉁한 자리를 딛고 서자 갯바위 위에 놓인 안경이 눈높이에 있게 되었다. 류는 안경을 손가락에 걸고 절벽 위로 들어 보였다. 렌즈가 하나밖에 남아 있지 않았다.

"딴 건 없나?"

노아가 물었다. 류는 알았다는 듯 엄지와 검지로 동그라미를 그려 보이고는 바위에 매달려 선 채 찬찬히 고개를 돌렸다. 그러다 시선이 절벽에 이르러 문득 고개를 앞으로 내밀고 무언가를 유심히 봤다.

"절벽 사이에……."

류는 마땅한 단어를 찾는 듯 말을 멎고 한동안 절벽을 보다가 고개를 들며 다시 말했다.

"뭐가 있다."

"뭐가?"

천우가 물었다. 류는 다시 절벽으로 눈을 돌리며 입을 열었다.

"뭐라고 하지…… 동굴이라기엔 좁은데 틈이라기에는 넓고……. 아무튼 널찍한 구멍 같은 게 있다. 들어가 볼까?"

류가 다시 고개를 들었다. 노아가 대번에 펄쩍 뛰었다.

"안 된다! 안에 뭐가 있는 줄 알고?"

신조도 같은 생각이었다. 그래도 한동안 그쪽을 보던 류가 다시 위를 향해 말했다.

"그럼 가까이 가서 그냥 들여다보기만 할게."

류는 다시 바다로 들어갔다. 그 바위에서 절벽까지의 거리는 2미터 남짓했다. 류는 발로 바위를 툭 차듯 밀며 단숨에 물을 건너뛰어 절벽을 짚었다. 아까처럼 울퉁불퉁한 자리를 디디며 절벽을 올랐다. 발 디딜 곳이 많아 그리 어렵거나 위험해 보이지는 않았다. 마침 큰 걱정 없이 딛고 설 만한 자리가 있었다. 류는 거기까지 올라간 다음 위를 향해 손까지 흔들어 보였다. 그러고는 손가락으로 아래를 가리켰다. 절벽 위에서는 안 보이지만, 그 틈 비슷한 것이 바로 아래인 모양이었다. 류가 두 걸음 움직여 허리를 숙이더니 고개를 완전히 옆으로 기울였다.

"뭔데? 뭐고?"

천우가 물었다. 신조도 묻고 싶은데 혹시 방해가 될까 간신히 참고 있던 터였다. 그래도 류는 대답이 없었다. 그저 굳은 듯 움직이지 않았다.

이윽고 류가 천천히 몸을 세웠다. 매달리듯 절벽을 붙잡고 잔걸음으로 움직여 처음 올라섰던 자리로 되돌아갔다. 그러고도 말이 없었다. 바다로 들어가지도, 위를 올려다보지도 않았다.

노아마저 결국 재촉하듯 묻고 말았다.

"뭐가 있나?"

류는 그제야 위를 향해 고개를 들었다. 그러고는 뭐라고 말하는 듯 입술을 달싹였다. 문득 달려든 파도가 갯바위에 부딪치며 굉음을 울렸다. 류의 목소리가 작기도 한 것 같았다. 무슨 소리인지 제대로 들리지 않았다.

그러나 신조는 류의 입술을 읽었다. 왜 그런지 그렇게 보였다. 백골? 오싹 소름이 돋았다. 끔찍한 생각을 털어 내려 얼른 머리를 흔들었다. 그러나 류가 다시 말했다. 절벽 위까지 똑똑히 들릴만 한 소리였다.

"백골이다."

백골, 절벽의 그 좁은 틈에 백골이 있었다.

# 편지

안개가 짙어지고 있는데도 물놀이를 하다가 돌아오지 못하게 되었다. 그것이 언론의 추측이었다. 세상은 그렇게들 생각했다. 친구들, 우발적, 미숙, 소셜 미디어, 청소년, 철없는. 빅 데이터를 들여다보지 않아도 결과는 명백했다.

증거에 따르면 그런 말들이 틀리지 않은 것 같았다. 그러나 고은은 납득할 수 없었다. 친구들? 천우와 노아는 초등학교 때부터 친한 사이였다. 하지만 장진? 태호? 같은 반이라고는 해도 그 애들은 친구라 할 만한 사이가 아니었다. 우발적이라는 말 또한 마찬가지였다. 천우에게 충동적인 면이 있는 것은 맞았다. 하지만 김노아가? 노아는 재채기도 우발적으로 하지 않을 애였다. 류에게는 우발적이라는 말이 그리 어색하지 않긴 했다. 더구나 바다, 요트였다. 반면 장진 역시 우발적으로는 보이지는 않는 애였다.

친하지는 않았지만 중학교 때도 같은 반이었던 적 있었다. 장진 주변에서는 공기의 흐름마저 느긋해졌다.

사건 이후 쏟아지는 어떤 이야기도 말이 되지 않았다. 뉴스에서는 그나마 익명으로 보도했지만 유튜브는 달랐다. 실명을 언급했고 사진도 함부로 내돌렸다. 블러 처리는 시늉일 뿐이었다. 사실과 추측과 과장과 소문이 마구잡이로 섞여 세상에 퍼져 나갔다.

노아가 반장을 도맡았던 모범생이라는 건 사실이었다. 노아 아빠가 목사이고 엄마가 마흔 넘어 9급으로 공채된 공무원이라는 것도 맞았다. 노아가 주일마다 예배에 참석하고 방학이면 봉사를 다닌 것도 그랬다. 하지만 거절을 어려워하는 성격이라 천우에게 끌려다녔다고? 노아가 천우 때문에 징계를 당한 적 있다는 말도 떠돌았다. 징계는 사실무근이었고 노아는 누구에게도 끌려다니는 애가 아니었다.

호주에 있는 류의 아빠가 요트 사업을 한다는 것도 사실인 듯했다. 하지만 류의 아빠 요트에 탔던 승객 중 한 사람이 심장 마비로 사망한 데에 의혹이 있다는 유튜버의 말에는 아무런 근거가 없었다. 천우신조호로 구독자를 늘려 가고 있는 그 유튜버는 직접 호주 현지로 취재하러 가겠다는 예고까지 했다.

태호는 아픈 할머니들을 돌보며 살던 장한 소년으로 알려졌다. 할머니들이 부둥켜안고 우는 사진을 싣지 않은 언론사가 없었다. 암 투병 중인 이모할머니의 숱이 다 빠진 정수리가 그대로 드러나는 사진이었다.

장진이 수영 선수였다는 것은 고은이 언론을 통해 새로 알게 된 사실이었다. 소년 체전에서 은메달까지 받았다고 했다. 그 뒤로 선수 생활은 접었지만 아빠랑 바다 수영을 즐겼다는 점은 비극적 아이러니로 널리 퍼져 나갔다. 당시의 소년 체전 경기 영상까지 인터넷에 돌아다녔다.

가장 많은 말이 쏟아진 건, 천우와 신조였다. 남매보다 부모에 대한 이야기가 더 많았다. 심지어 한 탐사 프로그램에서 사건을 보도할 예정이었다고 했다.

더 소사이어티.

천우 아빠가 건설한 아파트 브랜드였다. 부산과 경남 여러 지역에서 볼 수 있는, 이른바 하이 엔드급 주상 복합 아파트였다. 단 1퍼센트를 위한 소사이어티, 그것이 브랜드 광고 문구였다. 그런데 실은 대부분 남의 돈을 끌어다 사업을 해 왔던 터였다. 부동산 불황이 미분양 사태로 이어지며 삽시간에 파산 지경에 이르렀다. 은행 빚과 사채는 물론이고, 아파트 분양 계약금과 중도금까지 유용했다. 천우와 신조의 부모는 사기죄를 비롯한 몇 가지 혐의로 고소 고발된 직후 필리핀으로 떠나 종적을 감춘 상태였다.

고은은 그제야 여름 동안 천우가 왜 그렇게 굴었는지 알게 됐다. 변덕스러웠던 게 아니었다. 집안이 그야말로 풍비박산한 것이다. 그러니까 이천우다웠던 셈이었다. 천우는 모서리에 새끼발가락을 찢어도 비명을 지르기보다 욕을 하는 애였다.

그런데 물놀이라고? 그럴 리 없었다. 천우의 그 스토리는 울고 싶어 올린 거였다. 이천우의 방식으로 울었던 거였다.

하지만 고은은 그 어떤 변명도 해 줄 수 없었다. 이천우의 전 여친, 그 요트에 탈 뻔했던 애. 심지어 같은 학교에서도 고은이 요트에 탔다가 내렸다는 말이 돌았다. 고은의 인스타는 팔로워가 세 배로 늘었다. 연락 안 한 지 백 년은 된 것 같은 애들이 메시지를 보냈고, 천우신조호에 대한 게시물을 올리며 고은을 태그했다.

그런 건 아무래도 좋았다. 고은을 정말 힘들게 하는 건 SNS가 아니었다. 아무 상관 없는 사람들의 말이 아니었다.

경찰서에서 진술을 하고 나오니 류의 엄마가 기다리고 있었다. 사흘을 앓고 누웠다 학교에 간 날에는 같은 학교 3학년인 장진 누나 은진이 교실로 찾아왔다. 사복 차림이었다. 동생을 잃고 상중이라 학교에 나오지 않는 기간인데 고은을 만나러 온 거였다.

우리 엄마가 장례도 안 치르려고 한다. 이렇게는 못 보낸단다. 니 혹시 뭐 더 아는 거 없나? 우리 장진이가 왜 그 요트에 탔는지…… 뭐라도 아는 거 없나? 이건 정말 말이 안 된다……. 장진이는 걔들하고 친하지도 않았다면서. 그냥 편의점 가는 것 같았는데…….

고은은 그저 울기만 했다. 류 엄마에게도 미안하다는 말조차 나오지 않았다. 차라리 류 엄마가 화를 내기라도 하면 좋을 것 같았다. 너 때문이라고, 니가 류를 그렇게 만들었다고.

사람에게도 전원 버튼 같은 게 있어야 했다. 그러지 말아야지 아무리 마음먹어도 눈만 뜨면 인터넷에 접속해 있었다. 뉴스 페이지에서 새로 고침을 하고 또 했다. 그래 봤자 기사는 동어 반복이었다. 인스타나 유튜브는 더더욱 쓸모없었다. 고은이 원하는 건 단 한 마디였다.

구조.

알면서도 또 인스타그램에 접속해서 해시태그를 검색했다. 인스타에선 새로운 게시물이 줄어들고 있었다. 해시태그 중에는 고은의 말을 인용했다는 것도 있었다. #내친구들좀살려주세요 #savemyfriends 경찰에 진술할 때 고은이 울면서 그렇게 애원했다고 한다. 언론은 그 말을 제목으로 삼고 고은 덕분에 빠르게 수색이 시작되었다는 내용을 덧붙였다. 고은은 그런 말을 했던 기억이 없었다. 하지만 그게 고은의 마음인 것은 사실이었다.

천우와 류에게 보냈던 메시지는 하도 읽어 외울 지경이 되었다. 그런데도 고은은 또 메시지 함을 열고 있었다.

스팸이나 다름없는 메시지들이 잔뜩 들어와 있었다. 고은아, 괜찮나? ㅠㅠㅠㅠㅠㅠ 나도 천우신조호를 위해 기도하고 있습니다. 그런 건 괜찮은 축이었다. 오직 진실만을 위해 싸우는 유튜버 트루헌터입니다. 꼭 한 번 뵙고 싶습니다. 충분히 사례하겠습니다. 삭제하기도 귀찮아서 쭉 스크롤하는데, 눈에 띄는 메시지가 하나 있었다.

Zahir_Singh_04Y. 자히르? 그렇게 읽는 게 맞는지도 헷갈렸다. 고은은 그런 모르는 메시지에 답을 한 적 없었다. 그런데 프로필 사진이 배였다. 먼바다에 뜬 대형 선박 같았다. 고은은 메시지를 열었다. 번역기를 돌린 것 같은 내용이었다.

안녕하세요. 나는 당신의 친구들 천우신조호를 위해 알라에게 기도합니다. 바다는 나의 친구들을 빼앗아 갔습니다. 당신의 슬픔을 매우 잘 알고 있다고 나는 생각합니다. 나는 원양 어선에서 일하고 있습니다. 나는 바다에서 병을 보았습니다. 나는 그것이 한국어인 것을 압니다. 병에는 한국어가 있었습니다. 사진을 구글했는데 천우신조호라는 이름이 있었습니다. 이것은 무엇일까요? 나는 확신할 수 없습니다. 이것은 쓸모없는 사진일지 모릅니다. 그러나 나는 한국 경찰에 알리고 싶은데, 방법을 모르는 것이 나를 괴롭혔습니다. 그런데 인스타그램에서 당신을 알게 되었습니다. 나는 당신을 슬프게 하는 걸까요? 그렇다면 정말 죄송합니다.

자히르의 메시지에는 사진이 첨부되어 있었다. 사진을 크게 확대하기도 전에 고은은 이미 울고 있었다. 아주 잘 아는 글씨체였다. 성의라고는 하나도 없는, 그러나 시원스러운 느낌이 나는, 그건 천우의 글씨였다.

# 밤

싱크대 수도에서 물이 나오지 않았다. 마침내,라고 류는 생각했다. 내심 걱정하던 일이었다. 물도 식량도, 그리고 가스도. 섬에 도착한 다음 날부터였던 것 같았다.

처음에는 뭘 이렇게 사재어 놓았나 싶었다. 바다에서는 걱정도, 계산도 없이 지냈다. 그러다 산마루에 올라 그 너덜너덜한 깃발을 보고 돌아와 팬트리를 여는데 빈자리가 새삼 눈에 들어왔다. 다섯 명이 그 팬트리에만 매달려 있은 지……. 새삼 날짜를 헤아려 봤다. 다섯 번째 밤이었다. 엿새로 향하고 있었다.

그런데 아무도 와 주지 않고 있었다. 수색이라는 게 말처럼 쉽지가 않다고, 태호에게 타이르듯 말한 것은 다름 아닌 류였다. 아빠가 사는 지역의 어느 퍼블릭 요트에서 일어났다던 사고도 새삼 생각났다. 어느 승객이 구명조끼를 입은 채 바다에 빠졌는데, 하룻밤이 지나 시신으로 발견되었다. 사인은 저체온증이었다. 멜버른의 2월이었다. 더구나 시신은 처음 실종된 자리에서 3킬로미터도 떨어지지 않은 바다에서 발견되었다. 보트에 헬기까지 동원된 수색이었는데도 만 하루가 지나서야 발견한 거라고 했다. 어째서 수색대가 일찍 발견하지 못했는지, 그 따듯한 바다에서 어떻게 저체온증이었는지, 미스터리로 남은 사고였다. 아빠한테서만 아니라 세일링 유튜브에서도 그런 이야기를 한두 번 들은 게 아니었다. 구조의 어려움은 충분히 알고 있다고 생각해 왔다. 그러나 자신의 일이 되자 사실이 아니라 기대에 매달리고 말았다. 하루가 이틀이 되고 사흘이 되고, 결국 엿새가, 아니 열흘, 한 달이 될지도 모른다는 사실을 잊고 있었다. 어쩌면 영원이 될 수도 있었다.

백골이 바로 그 증거였다.

그 깃발의 주인인 것 같았다. 과학실 표본이나 다름없는 상태지만 바지는 입었던 그대로 남아 있었다. 그런데 상의는 남아 있지 않았다.

류는 그런 것까지는 보지 못했다. 백골이라는 사실을 깨달은 순간 생각이 멈춰 버렸다. 어쩌면 그 덕분에 무사히 절벽에서 빠져나왔는지도 몰랐다. 놀라서 허둥대다 바다로 떨어질 수도 있었다. 크게 다쳤을지도 몰랐다. 그런데 충격으로 멍한 채 무의식적으로 몸을 일으켜 옆으로 움직였다. 백골이라는 단어가 떠오르는 데도 잠깐의 시간이 필요했다.

나중에 노아가 절벽으로 올라가 다시 확인했다. 백골이 맞았다. 상의는 어쨌는지 바지만 입은 채 백골이 된 누군가였다.

어쩌다 그 절벽 아래 틈새로 들어가게 됐을까? 살아서? 죽어서? 안경은 또 왜 그 옆 바위에 놓여 있었을까? 아무런 상상도 가지 않았다. 이유 따위 중요하지 않은지도 몰랐다. 무슨 사연이었건 그 사람은 섬을 빠져나가지 못했다. 백골이 되도록 섬에 갇혀 있었다.

요트는 백골들의 거처인 양 조용했다. 뿔뿔이 흩어진 채 무거운 침묵에 잠겨 있었다. 밤이 되도록 저녁을 먹겠다고 나서는 애들도 없었다. 다행이라면 다행이었다. 그래 봤자 남은 식량으로 며칠이나 더 버틸 수 있을지 의문이었다. 생수는 더 심각했다.

어째서 아직 아무도 와 주지 않을까. 육지에서 예상할 수 있는 방향에서 멀어져 있는 모양이었다. 어쩌면 섬에 있다는 게 문제인지도 몰랐다. 수평선으로 꾸준히 배들이 지나다녔고, 머리 위로는 때때로 비행기가 지나다녔다. 그중 구조대가 있었는지도 몰랐다. 바다에 있었다면 이미 구조되었을지도 모르는 일이었다. 그런데 그 깃발에 홀려 버렸다. 백골의 저주에 걸려들었다. 자꾸만 그런 생각이 들었다.

류는 그만 갑판으로 나와 버렸다. 애들을 불러서 식량에 대해 의논하려 했는데 입이 떨어지지 않았다. 다 귀찮았다. 가슴이 답답한데 숨을 쉬기도 버거운 기분이었다. 바깥이라고 나을 것도 없었다. 무심코 고개를 드니 깃발을 잃은 돛대가 눈에 들어왔다.

백골을 발견하고 충격에 휩싸인 채 요트로 돌아왔다. 백사장에 S.O.S를 남기기로 했던 기억 같은 건 까맣게 잊었다. 그런데 돌아오니 지난밤 돛대에 내걸었던 깃발마저 사라지고 없었다. 태호는 그게 제 잘못이라도 되는 것처럼 미안한 얼굴로 말했다. 몰라, 난데없는 바람이 불더니 순식간에 날아가 버렸어. 그런데도 누구하나 실망스러운 대꾸조차 하지 않자 태호는 어리둥절했다. 태호에게 돌려줄 수 있는 대답은 그저 한마디였다. 백골.

믿을 수가 없었다. 스토리라면 이쯤에서 끝나야 했다. 스토리피자의 핸콕62라면 그랬을 터였다.

몇 달째 방치된 요트가 고장 나는 일, 그럴 수 있었다. 그 요트가 알고 보니 압류된 상태라는 것도, 그래서 신고를 미룬 것도, 스마트폰이 터지지 않는 바다로 떠내려간 것도 그럴 수 있었다. 하지만 그때쯤에는 반전이 있어야 했다. 스토리는 원래 그런 식으로 흘러가지 않나? 조금 더 가자면 장진이 사고를 당할 수도 있었다. 모두가 겁에 질려 얼어붙을 수도 있었다. 그러나 그때쯤 그 어선이 어떤 예감에 배를 돌렸어야 했다. 어이, 학생들. 진짜 괜찮나? 그렇게 물어왔어야 했다. 응급 헬기가 날아와 장진이 기사회생하고, 모두 한층 성장하여 집으로 돌아가는 것이다. 그런데 장진은 죽은 듯 죽지 않았고, 방치된 채 버려지듯 바다에 휩쓸려 갔다. 천우신조호는 무인도에 처박혀 버렸다. 하드코어한 스토리라도 그쯤에서는 정말이지 반전이 있어야 했다. 자연인으로 사는 깃발의 주인을 만나 동굴 속에 숨겨 둔 모터보트를 타고 반성의 눈물을 흘리며 탈출하는 성장 스토리. 더 이상은 무리였다. 넘쳐도 너무 넘쳤다. 스토리피자에서 이렇게까지 징글징글 불운이 계속되는 이야기를 썼다가는 의뢰인의 항의를 받을 터였다.

류는 그때껏 자신이 꽤 불우한 어린 날을 보낸 애라고 생각했다. 이혼하기 전에도 엄마 아빠는 서로를 미워하기만 했다. 류에게는 부모가 다정했던 기억이 한 조각도 없었다. 요트를 타는 거야 좋았지만, 그렇게 사는 아빠는 집안에 보탬이 되지 않았다. 네일 숍을 하는 엄마 덕분에 그나마 궁핍을 면했을 따름이었다. 류를 꿈꾸게 하는 건 이야기였다. 이야기 속에서는 불행에도 얼마쯤 낭만이 있었다.

하지만 진짜 이야기는 달랐다. 류가 할 수 있는 일은 없었다. 현실이라는 이야기는 끝을 몰랐다. 아무도 오지 않을지 모른다. 류는 너무도 겁이 났다. 마리나를 떠난 후 처음으로 그런 실감이 덮쳐 왔다.

살롱에서 인기척이 났다. 아래층에서 올라온 천우가 아일랜드 식탁에 놓여 있던 생수를 벌컥벌컥 들이마시고 있었다. 류는 입 안이 바싹 마르는 것 같았다. 그 어떤 것보다 강렬한 실감이었다.

"잠깐만."

류가 살롱으로 들어가며 조급한 투로 말했다. 천우는 생수병을 입에 댄 채 류를 돌아봤다. 왜? 묻는 눈이었다. 간단히 대답할 일이 아닌 것 같았다. 여기저기 흩어진 애들을 살롱으로 불러 모았다.

먼저 팬트리에 든 식료품을 하나씩 아일랜드 식탁으로 꺼냈다. 그것만으로 눈치를 챘는지 신조가 어두운 얼굴로 거들고 나섰다. 생수도 전부 한자리에 모았다.

그러고서 류는 이야기를 꺼냈다.

"너무 마음을 놓고 있었던 것 같다. 생각보다 식량이 빨리 줄고 있다. 물이 제일 심각하고."

"수돗물도 이제 안 나와……."

태호가 말했다. 그렇잖아도 다들 불안했던 모양이었다.

라면은 단 두 개 남았고 즉석 밥은 동이 났다. 작은 컵라면이 세 개, 참치 통조림과 햄 통조림이 각각 두 캔이었다. 시리얼바가 몇 개 남았고 시리얼도 한 통 있었다. 과자와 견과류도 조금 남아 있었다. 생수는 2리터가 두 병, 500밀리리터짜리 열한 병이 전부였다. 다행히 쌀이 좀 있었지만, 물이 없었다.

"일단 물을 좀 나눠야 할 것 같다."

류가 말했다. 노아가 500밀리 생수를 다섯 몫으로 나누었다. 간단한 산수였다. 한 사람당 두 병씩. 그러고 나니 남은 생수는 2500밀리리터, 500밀리 다섯 병이었다. 각자 500밀리 빈 병에 물을 채워 나눴다. 한 사람당 세 병이 됐다. 각자에게 남은 마지막 물이었다.

노아가 입을 열었다.

"음식은 다 같이 모여서 먹는 걸로 하자. 아침저녁, 하루 두 번 뭘 먹을지는 그때그때 상황에 따라 의논해서 정하자. 개인적으로는 팬트리에 손대지 않는 걸로 하고. 그러면 되겠나?"

묻는 투지만 이미 결론이 나 있었다. 반박할 여지가 없이 깔끔했다. 그런데 태호가 물었다.

"그다음에는?"

천우신조호에 바닷물을 식수로 바꾸는 조수기가 있었지만 그 역시 쓸모없는 신세였다. 그때껏 한 번도 써 본 적 없었다니 어차피 제대로 작동이나 하는지 의문이었다.

류는 제 몫의 생수를 하나하나 봤다. 500밀리 생수 세 병. 한 병으로 하루를 버틸 수 있었다. 물을 잘 마시지 않는 체질이있다. 그게 여드름의 원인이라고 엄마는 늘 잔소리였다. 그런데 어쩐지 몹시 갈증이 났다. 입안이 바싹 말랐다.

태호가 문득 엉뚱한 소리를 꺼냈다.

"바닷물을 끓이면?"

다들 황당해하는데도 태호가 또 덧붙였다.

"아니, 그냥…… 몰라……. 화학적으로 뭐 그런 거 안 돼? 끓으면 염분이 분리된다든가."

태호도, 그리고 천우도 답을 구하는 눈으로 노아를 봤다. 노아는 그저 어이없다는 듯 웃었다. 그런데 류의 머릿속에 한가지 기억이 떠올랐다.

"말이 안 되는 거는 아니다. 바닷물을 끓인다고 바로 식수가 되는 건 아닌데, 끓을 때 수증기를 모으면 된다고 했다."

"수증기를 무슨 수로 모으노?"

신조가 물었다. 그것까지는 류도 대답이 궁했다.

"뭔가 장치 같은 걸 만들어야 할 텐데⋯⋯."

"그게 아니라, 애초에 물을 끓일 방법이 없다. 부탄가스가 지금 쓰고 있는 게 마지막이다."

신조가 말했다. 류도 알고 있던 사실이었다. 그런데 물 생각에 빠져 그걸 잊었다.

그런데 천우가 말했다.

"섬에 나무는 천지잖아. 모닥불 같은 걸 피우면 안 되나?"

"뭘로 불을 붙이노?"

신조가 묻자 천우는 잠시 말문이 막힌 듯하다가 또 말했다.

"가스가 남아 있을 때 모닥불을 만들고, 그걸 안 꺼지게 지키는 거지."

"차라리 섬에서 물을 찾자고 해라."

신조가 말했다. 그 소리에 태호가 솔깃해했다.

"어딘가에는 물이 있을 거 아니야. 안 그래? 숲이 저렇게 울창한데."

"그거야 땅속에 스며 있는 물을 빨아들이는 거지."

노아가 말했다. 그래도 태호는 우겼다.

"그러니까 그 물이 어디서 오느냐는 거지."

잠시 조용해졌다. 누가 먼저랄 것도 없이 바깥으로 눈을 돌렸다. 하늘에는 별 하나 보이지 않았다. 왜 그런지 밤이면 하루도 구름이 걷히는 날이 없어 무인도에서도 별을 제대로 보지 못했다. 그중 특히 어두운 밤이었다. 아침에 비가 내릴지도 몰랐다.

"그거 뭐지? 비 오라고 기도하는 거."

천우가 중얼거리는 소리에 신조가 대답했다.

"기우제."

"그건 기도가 아니라 제사."

노아가 그렇게 말하며 갑판으로 나갔다. 어두운 하늘을 가만히 올려다보는 뒷모습이 몹시도 진지했다. 류는 난생처음으로 기도라는 걸 믿어 보고 싶었다. 그 밖에는 달리 할 수 있는 게 없었다.

# 침묵

하늘이 참 맑기도 했다.

눈부신 하늘빛을 거울처럼 담아낸 바다가 수평선까지 잔잔하게 빛나고 있었다. 크레파스로 그린 듯 몽글몽글한 조각구름이 서로 거리를 둔 채 한가롭게 저편으로 떠가고 있었다. 우아한 액자 속 그림처럼 티 없는 세상이었다. 비라고는 한 방울도 보이지 않는 세상이기도 했다.

신조는 그만 조타실을 나섰다. 바다를 보고 있으니 목이 더 말랐다. 500밀리 생수 세 병으로는 하루도 넘기기 어려웠다. 작고 마른 몸집인데도 집에서 하마 소리를 듣는 신조였다. 어차피 교대할 시간이었다. 차라리 선실에 처박혀 있는 게 나을 것 같았다.

그런데 아래층에 내려서는데 발아래가 미끄러웠다. 하마터면 넘어질 뻔하다 벽을 짚고 겨우 중심을 잡았다.

바닥에 물이 흥건하게 고여 있었다. 깜짝 놀라 둘러보니 선실 문틈에서 물이 새어 나오고 있었다. 급히 문을 열자 물이 왈칵 쏟아져 나왔다.

"오빠! 오빠! 언니!"

신조는 어찌할 바를 모르는 채 소리쳤다. 다들 아래층으로 달려 내려왔다. 계단참에 들어서며 상황을 알아채고 놀라 굳어 버렸다. 그래도 다들 지켜보고 있으니 신조는 몸이 움직여졌다. 선실로 들어가자 이유가 한눈에 들어왔다.

침대 맞은편 벽면과 바닥이 닿는 자리에서 물이 새어 들어오고 있었다. 균열이 확실히 눈에 보였다. 내내 류와 신조가 쓰던 선실 이었다. 그런데도 물이 새는 줄은 전혀 몰랐다. 바로 전날 밤에도 조타실을 지키러 가기 전에 신조는 거기서 잤다. 그리고 류랑 교대했던 거였다.

"오늘따라 답답해서 그냥 갑판에서 잤더니."

류가 괴로운 얼굴로 말했다. 그 때문에 막을 기회를 놓친 것 같은 표정이었다. 하지만 그런다고 막을 수 있는 일이 아니었을 게 뻔했다. 마치 솔기가 터지듯 바닥과 벽면 사이가 갈라져 있었다. 차츰 벌어지고 있었던 모양이었다.

천우랑 노아가 반대편을 살피겠다고 갔다. 혹시나 했던 것일 뿐, 그쪽은 괜찮을 터였다. 요트는 큰 선실 쪽으로 기울어져 있었 다. 곧 돌아온 천우와 노아가 반대편은 괜찮다고 했다.

"아직은."

노아가 덧붙였다. 류가 말했다.

"일단 챙길 거부터 챙기자."

옷이며 이불이며, 전부 살롱으로 가지고 올라갔다. 큰 선실만 아니라 반대편 선실에서도 필요할지 모른다 싶은 건 다 챙겼다.

앞으로 상황이 어떤 식으로 진행될지 알 수 없었다. 원인을 몰랐다. 그저 요트가 섬으로 돌진할 때 바닥을 세게 부딪혔던 탓이 아닐까 짐작할 따름이었다. 안다 한들 방법이 있을 것 같지도 않았다. 균열이 난 자리는 바다에 잠겨 있었다. 수압이 그대로 전해진다는 뜻이었다. 가뜩이나 기우뚱해 있던 요트가 완전히 기울어져 버릴 수도 있었다. 혹은 바닥이 아예 무너질지도 모르는 일이었다.

류가 그렇게 설명하자 노아가 물었다.

"요트에 계속 있기는 어렵다는 얘기?"

"당장 어떻게 되지는 않을 것 같지만, 장담할 수는 없고."

"그럼…… 요트를 떠나야 한다는 거야?"

태호가 놀라 물었다. 천우가 질문을 이어받았다.

"어디로?"

대답은 정해져 있었다. 유일한 대답이었다.

섬.

짐을 챙기기 시작했다. 젖지 않은 옷들은 비닐 봉투에 담았고,

캠핑용 그늘막을 펼쳐 이불과 담요를 쌌다. 휴대용 버너도 챙겼다. 그게 마지막 남은 불이었다. 절대 젖게 해서는 안 됐다. 방수 기능이 있는 바람막이로 버너를 둘둘 말았다. 하나로는 불안해서 한 겹을 또 쌌다. 낚시 도구도 챙겼다. 남아 있는 식량도 챙겨야 했다.

정오가 되기 전에 요트를 떠났다. 구명 튜브에 짐을 얹어 해변까지 밀고 갔다. 그렇게 두 번을 오가니 짐을 다 내릴 수 있었다.

하지만 천우신조호가 있는 해안에는 마땅히 자리 잡을 만한 곳이 없었다. 파도가 조금만 높아져도 온통 물벼락을 맞을 터였다. 짐 꾸러미를 이고 지고 언덕을 올랐다. 깃발은 여전히 맥없이 늘어진 채였다. 어지간한 바람이 아니고서야 펄럭이기 힘든 천이었다. 누구 하나 깃발에 눈을 주지 않았다. 그대로 지나쳐 반대편으로 내려갔다.

백사장에 이르자마자 짐 꾸러미를 대충 던져 놓고 모르는 사이처럼 뚝뚝 떨어져 앉았다. 하염없이 바다만 바라보았다. 서로를 보기가 괴로운 심정이었다. 그나마 하늘의 기척이 반가운 일이었다. 요트를 떠날 때만 해도 그렇게 맑던 하늘에 구름이 빠르게 모여들기 시작했다. 공기도 눅눅해져 있었다.

"비가 올라나?"

천우는 하늘을 올려다보며 중얼거렸다. 빗물을 받을 수 있는 그릇이란 그릇은 다 챙겨 온 터였다. 그렇다고 비를 마냥 반길 수 있는 입장은 아니었다. 백사장에는 어디 하나 비를 그을 곳이 없었다.

그늘막부터 치기로 했다. 다들 숲으로 흩어져 기둥으로 삼을 만한 나뭇가지를 구해 왔다. 하지만 워낙 고운 모래밭이라 기둥을 세우기 마땅치 않았다. 그래도 다른 수가 없으니 나뭇가지를 최대한 깊이 꽂고 바닷물을 퍼 와서 뿌린 뒤 모래를 단단히 다졌다. 거기에 그늘막을 치고 물건부터 안으로 들였다.

천우가 낚시 가방에서 낚싯대를 꺼내 노아에게 내밀었다.

"노아야, 니가 해라. 원래 니한테 물고기가 잘 꼬이잖아."

신조도 기억이 났다. 노아도 더러 천우신조호에 타고는 했는데, 천우와 달리 노아는 낚시를 즐겼다. 아빠한테는 그렇게 싫다 소리만 하던 천우가 그래도 노아가 있을 때는 투덜거리면서도 낚싯대를 잡았다. 그런데 이상하게 늘 노아한테만 좋은 물고기가 잡히고는 했다.

천우랑 노아가 주거니 받거니 낚시했던 얘기를 했다. 말을 하는 사람도, 듣는 사람도 조금 웃기도 했다. 신조도 웃으며 한마디를 보탰다.

"이왕이면 참돔으로 잡아 봐라."

류는 아쉽다는 듯 냉장고에 있는 양념을 챙겨 와야 했다는 소리를 했다. 자못 캠핑이라도 온 분위기가 됐다.

그러다 한순간 말이 뚝 끊겼다. 갑작스러운 침묵이 찾아왔다. 애써 끌어올렸던 분위기가 단숨에 가라앉았다. 어색하게 눈치를 보며 공연히 짐만 뒤적거렸다.

그런데 그때껏 바다를 노려보는 채 한마디도 않던 태호가 조용히 입을 열었다.

"아무도 안 오는 거지?"

어느덧 수평선 가까이 내려앉은 태양이 동그란 금빛으로 눈부셨다. 그 빛을 향해 가면 어딘가 눈부신 세상에 이를 것만 같았다. 그러나 빛의 문은 서서히 줄어들고 있었다. 곧 사라질 터였다.

"어째서 아무도 안 오는 거야? 우리를 잊었나? 버렸나?"

태호는 조급한 투로 바다를 향해 쏘아붙였다. 실은 신조도 내내 묻고 있었다. 모두가 그럴 터였다.

"그만해라."

천우가 말했다. 소리를 지르고 싶은 걸 간신히 참는 듯했다. 신조는 오빠의 팔을 살며시 잡았다. 하지만 천우는 몸을 틀며 신조의 손을 뿌리쳤다. 태호는 그래도 바다에 눈을 둔 채 또 물었다.

"우리, 방법이 없는 거지?"

"그만하라니까!"

천우가 기어이 소리를 질렀다. 그러면서 내던진 무언가가 허공을 날아 그늘막을 세워 둔 나뭇가지에 부딪혔다. 물이 거의 빈 생수병이었다. 그것만으로도 나뭇가지는 단박에 쓰러져 버렸다. 그늘막 한쪽이 그대로 내려앉았다. 그걸로도 분이 풀리지 않은 듯 천우는 태호에게 또 소리를 질렀다.

"그럼 어쩌라고? 미안하다고 빌까? 무릎 꿇고 빌어 줄까? 그러면 속이 시원하겠나?"

태호는 어처구니없다는 표정으로 천우를 돌아봤다.

"내가 너한테 뭐라고 했어? 왜 그래? 찔려? 켕겨? 이제 와서?"

"뭐, 뭐라고? 뭐가 켕겨? 뭐가 찔려?"

"빌고 싶으면 빌어. 무릎 꿇고 싶으면 꿇어. 근데 그런다고 내 속이 시원해지지는 않아. 상황이 달라지지도 않아. 야, 니 무릎이 그렇게 대단하냐? 여기서 다 죽게 생겼는데, 그깟 니 무릎이 뭐라고 내 속이 시원해지냐?"

"그만해라."

노아가 결국 태호에게 한 소리 했다. 태호의 눈초리가 노아를 향했다.

"뭘 그만해? 사실을 사실대로 말하는 걸 그만해? 이게 무슨 캠핑이나 되는 것처럼 계속 쇼를 하라는 거야?"

"아, 쫌, 진짜."

류도 나섰다. 태호가 또 입을 열려는데 류가 먼저 말을 이었다.

"여기 안 불안하고 안 무서운 사람이 어딨노? 다들 속이 말이 아니잖아."

"다들? 아니, 난 아냐. 천우랑 신조? 천우신조호? 그리고 노아 너는 천우 절친이라며? 류, 너는 바다에 미친 애라며? 난 뭐냐? 내가 왜 이러고 있냐? 내가 왜 여기서 너네랑 같이 죽어야 되냐고?"

"죽긴 누가 죽노?"

신조도 그냥 듣고 있을 수가 없었다. 천우가 이어서 핏대를 세웠다.

"니 말 잘했다. 그래. 니 뭔데? 니가 왜 여기 있는데? 왜 여기까지 따라와서 남들 속을 긁는데? 누가 니보고 오라고 했나? 우리 요트에 타라고 잡아끌었나? 니가 탔잖아! 개까지 끌고 와서, 개까지 버리고⋯⋯."

"그래! 내가 그랬다! 내가 그랬어. 내가⋯⋯."

태호는 두 손으로 머리를 감싸며 울음을 터뜨렸다. 다리 사이로 고개를 묻고 온몸으로 울었다. 류도 소리 없이 눈물을 흘리고 있었다. 전속력으로 달려가 무릎이 잠기도록 바다에 뛰어든 천우도 마찬가지일 터였다. 망연히 천우를 지켜보는 노아의 뒷모습도 울고 있었다.

신조는 눈물조차 나지 않았다. 그저 기가 막혔다. 도대체 어떻게 이럴 수가 있지? 이렇게 나쁜 일이 계속될 수가 있지? 끝없이 굴러떨어질 수가 있지? 하루아침에 집이 망해 버렸다. 엄마 아빠는 도망을 갔고 바다를 잃게 되었다. 그래서 한 번만, 마지막으로 딱 한 번만 바다를 보고 싶었다. 그뿐이었다. 그런데 전원이 나가고, 장진이 다쳤다. 장진을 죽게 둔 꼴이 되고 말았다. 바다를 떠돌다 무인도에 처박혔다. 요트마저 버리고 세상의 끝인 것만 같은 백사장으로 내몰렸다. 그리고 또? 그다음은? 어쩌면 다음은 죽음인지도 몰랐다. 태호의 말은 곧 신조의 말이었다. 살아가는 일이 이렇게나 지독한 줄은 몰랐다. 정말이지 몰랐다. 학교에서 그렸던 인생 곡선처럼 오르고 내리는 일인 줄만 알았다.

더는 아무런 기대감도 생기지 않았다. 두려움마저 잃은 것 같았다. 그저 몹시 피곤했다. 더 이상 서 있을 힘도 없어 무너지듯 백사장에 주저앉았다.

쿠르르릉―

천둥이 울었다. 착각이 아니었다. 유난히 노을이 붉기도 했다. 노을이 붉으면 어부는 근심을 하지. 어디선가 그런 구절을 보았던 기억이 났다. 비가 오기는 오려는 모양이었다. 그조차 반가운 마음은 조금도 들지 않았다.

그런데 노아가 급히 외쳤다.

"이천우!"

신조는 놀라서 돌아봤다. 오빠가 보이지 않았다. 좀 전까지만 해도 무릎 깊이의 바다에 우두커니 서 있던 오빠가 감쪽같이 사라지고 없었다.

"저쪽에 있다."

류가 그렇게 말하며 뒤편을 가리켰다.

천우는 숲으로 들어서고 있었다.

# #플렉스_릴랙스

"어디 가노?"

노아가 달려가 천우를 와락 잡았다. 천우는 그다지 놀라지 않았다. 노아가 다가오는 소리를 들었기 때문만은 아니었다. 노아는 늘 그랬다. 어느 지점에선가 천우를 붙잡아 줬다. 신조까지 달려왔다.

"어디 가노?"

말을 맞추기라도 한 듯 똑같이 물었다. 천우는 그만 피식 웃음이 났다.

"웃음이 나오나, 지금?"

그렇게 쏘아붙인 건 신조였다. 노아도 표정으로 같은 소리를 하고 있었다. 그래도 천우는 너스레를 떨듯 말했다.

"내 요트에 가지, 가긴 어딜 가. 누가 훔쳐 가면 어짜노?"

"지금 거길 왜 가노? 위험해서 빠져나온 건데."

노아가 말했다.

"당장 가라앉을 거는 아니잖아. 혹시나 해서 미리 피한 거지."

"그러니까, 혹시나 무슨 일이 있을 줄 알고 가냐고."

신조가 말했다. 코끝이 아주 새빨갰다. 신조는 울면 유독 그랬다. 어려서는 그걸로 놀리기도 많이 놀렸는데, 그 모습에 천우는 눈이 시큰해졌다. 나오지도 않는 콧물을 들이켜고서야 입이 떨어졌다.

"봐라."

천우가 손을 들어 바다를 가리켰다. 신조와 노아가 돌아보자 말을 이었다.

"우리 오늘로 세 번째 여기 온 거 같은데, 한 번도 배를 본 적이 없다. 저쪽 바다는 아침부터 밤까지 배가 지나다니는데."

신조가 좀 놀란 눈으로 천우를 돌아봤다.

"그런 걸 보기도 하나."

"쳇. 해먹에 누워서도 다 듣고 다 봤다. 나도 요트 좀 타 본 몸이다. 그러니까 누구라도 저쪽을 보기는 봐야 될 거 아니가? 요트가 가라앉지 않는 다음에야…… . 아니지, 그렇게 되면 바닷가에서라도 봐야지."

"그럼 나도 같이 가자."

노아가 말했다. 천우는 그럴 줄도 알고 있던 것 같았다. 그에 대한 대답도 곧장 나왔다.

"싫다. 내 혼자 갈 거다."

"왜 싫은데?"

"모르나? 내 성질나면 혼자 있어야 되는 거. 내가 지금 웃는 게 웃는 게 아니야."

마지막 말에는 리듬까지 붙였다. 그래도 노아는 알 터였다. 정말이지 웃는 게 웃는 게 아니었다. 그럴 때 천우는 굴속으로 숨어들듯 혼자 있어야 마음이 가라앉았다. 신조도 모를 리가 없었다.

"심심하면 메시지 보낼 거니까 읽씹이나 하지 마라."

싱거운 농담을 남기고 천우는 다시 걸음을 뗐다. 걱정스러운 눈길이 느껴졌지만 따라오는 기색은 없었다. 천우는 경주라도 하듯 언덕을 올라 갯바위 해변으로 되돌아갔다.

백사장 쪽 하늘은 꽤 밝았는데, 갯바위 쪽은 그새 어둠이었다. 그래도 바다를 건너기 어려울 정도는 아니었다. 몇 번 오갔다고 길을 익힌 듯 수월했다. 오히려 갑판에 올라서니 막막한 기분에 힘이 쭉 빠졌다.

사람이 떠난 지 몇 시간이나 지났다고 천우신조호는 버려진 배 꼴이 되어 있었다. 급하게 챙기느라 팬트리고 싱크대고 죄 문이 열려 있고, 물건들이 바닥을 뒹굴었다. 그래도 언뜻 보기에 배가 더 기운 것 같지는 않았다.

천우는 갑판을 천천히 한 바퀴 돌다가 살롱으로 들어갔다. 아래층 상황이 궁금해서 계단으로 내려가려다 그만 도로 올라왔다. 손전등으로 비춰 본 것만으로 알 수 있었다. 아침보다 확실히 바닥에 물이 늘어 있었다.

속에서 불이 치밀었다. 주먹으로 벽을 한 대 쳤다가 제풀에 놀라서 몸을 움츠렸다. 그만한 충격에도 요트가 흔들리지 않을까 겁이 났다. 집이 쫄딱 망했으니 인생 막장인 줄 알았는데, 그건 시작에 불과했다. 하다 하다 무인도 앞바다에서 요트가 가라앉을까 벌벌 떨고 있었다. 사방 어디를 봐도 빠져나갈 구멍이 없었다. 아무도 안 올 거라는 태호의 말에 그렇게 화가 났던 건, 실은 그게 바로 제 마음이기 때문이었다.

돌연 담배 생각이 났다. 아빠 때문에 전자 담배로 바꾸었다가 그것까지 들켜 난리가 나고서 엄마가 거의 사정을 하는 통에 딴에는 끊으려 애를 쓰던 참이었다. 하여간 아빠하고는 안 맞았다. 전생에 무슨 원수가 졌다고 담배라면 아주 길길이 날뛰었다. 지난봄에도 요트에서 담배를 피우다 걸려서⋯⋯. 갑판으로 나서려던 천우는 걸음을 딱 멈추었다. 아주 짜릿하게 기억이 되살아났다. 그래, 그 담배⋯⋯. 곧장 아래층으로 뛰어 내려갔다. 천우의 선실이 있는 쪽은 여전히 멀쩡했다. 선실로 들어가 매트리스를 들어 올리자 반쯤 남은 담배와 라이터가 있었다.

천우는 날듯이 갑판으로 뛰어 올라갔다. 후갑판 벤치에 앉아 담배에 불을 붙였다. 한 모금 빨아들이자 눈앞이 핑 돌았다. 어지러

워서 한동안 눈을 감고 있어야 했다. 담배라는 게 독하긴 독한 모양이었다. 이게 마지막이다. 다시금 결심을 했다. 돌아가면 정말 금연할 생각이었다. 아빠가 골프채로 협박해서도, 엄마가 눈물로 호소해서도 아니었다. 스스로 마음먹은 거였다. 그 밖에도 고쳐야 할 게 많았다. 성질머리도 좀 죽여야 했다. 그러지 않았다간 아르바이트 자리 하나 구하지 못할 것이다. 돈 쓰는 습관도 고쳐야 했다. 그리고 또…… 큰아버지한테 무릎 꿇고 사정할 생각이었다. 야단을 치면 듣고 때리면 순순히 맞을 각오도 했다. 친엄마한테 부탁해야겠다는 생각도 들었다. 큰아버지도, 엄마도 도와줄 터였다. 구차한 건 딱 질색이지만, 견뎌 볼 작정이었다.

돌아가기만 하면, 다시 집이라는 걸 가질 수만 있다면.

신조가 그렇게 말해 주었을 때 하마터면 눈물을 보일 뻔했다. 집, 그거면 다시 살아질 것 같았다. 물론 간단한 일이 아니라는 건 알았다. 돈도 돈이지만 그보다 더 큰 문제가 기다리고 있었다. 압류 통고장을 몰랐다고 잡아떼서 해결될 일이 아닐 것 같았다. 요트를 이 지경으로 만든 책임을 져야 할지도 몰랐다. 정확히는 모르지만 중고로도 수억에 달하는 것 같았는데. 그것만으로도 눈앞이 캄캄했다. 그보다 더한 걱정은 장진이었다. 법이고 뭐고 그런 걸 몰라도 사과를 해서 끝날 일이 아니라는 건 짐작할 수 있었다. 그냥 사고를 당한 게 아니었다. 장진에게는 살 기회가 있었을지 모른다. 그런데 눈앞에 두고도 그만 놓치고 말았다. 그게 다 천우

탓이었다.

노아는 모두의 잘못이라고 말하지만, 그게 영 없는 소리는 아니지만, 그래도. 우리 요트 탈래? 그 스토리로 시작된 일이었다. 거기에 구구절절한 핑계를 대는 건 이천우가 아니었다. 신조가 걱정이지만, 잘 견뎌 줄 거라 믿었다. 언제나 오빠보다 똑똑하고, 오빠보다 야무진 동생이었다.

투둑, 뺨이 젖었다. 비가 내리기 시작했다. 천우는 급히 살롱으로 들어가 처마 아래에서 비를 피했다. 큰비는 아니지만 하늘의 기세로 보아 쉽게 그칠 비도 아니었다. 그깟 그늘막으로는 턱도 없을 터였다. 다들 비를 쫄딱 맞고 있을지도 몰랐다. 그래도 빗물을 받게 되었으니 다행이었다. 적어도 하루쯤은, 잘하면 이틀쯤은. 그러고 나면? 답답한 생각에 또 담배에 손이 갔다.

그때 바다에 불이 켜졌다.

좀 전까지만 해도 그저 어둠이었는데, 바다에 작은 불빛이 떠올라 있었다. 먼 수평선이 아니었다. 가까운 바다였다. 수면 위로 길게 늘어진 선박등의 그림자도 알아볼 수 있었다. 천우는 급히 조타실로 뛰어 올라갔다. 계기판 옆에 미처 챙기지 못한 조명탄이 놓여 있었다. 다시 뛰어 내려가 후갑판으로 가서 조명탄을 쏘았다.

피슉!

조명탄은 싱거운 소리와 함께 연기를 조금 뿜고는 사라져 버렸다. 불발탄이었다. 아니, 그럴 수는 없었다. 그 배를 놓칠 수는 없었다. 섬에 갇힌 후 가장 가까이 다가와 있는 배였다. 모두가 지쳐 있었다. 식량도 물도 바닥을 보이고 있었다. 어쩌면 마지막 기회인지도 몰랐다. 어떻게든 그 배를 잡아야 했다. 천우신조호가 여기 있다고 알려야 했다.

불!

천우는 손에 든 라이터를 다시 봤다. 어림도 없었다. 배를 향해 손전등 불빛을 흔들었다. 소용없었다. 더 큰 불이어야 했다.

하지만 갑판은 이미 젖었다. 애초에 큰불을 만들 만한 것이 보이지도 않았다. 살롱으로 뛰어 들어가 닥치는 대로 뒤졌다. 그래 봤자 찾은 거라고는 소파 아래에 떨어져 있던 책 한 권이 다였다. 『항해의 기본』. 아빠가 사 놓고 펼쳐 보지도 않은 채 장식장에 꽂아 두기만 했던 책이었다. 제법 두꺼웠지만 그걸로는 턱도 없었다. 천우는 책을 던지듯 내려놓고 다시 주위를 둘러보았다.

활짝 열려 있는 싱크대가 눈에 들어왔다. 살롱은 어둠 속이지만 천우는 거기에 뭐가 들어 있는지 잘 알았다.

엘피지 가스통이 있었다. 처음 섬에 도착했을 때 가스 냄새가 난다고 신조가 밸브를 잠갔던 그 가스통. 즉 밸브를 열면 다시 가스가 샐 거라는 뜻이었다.

다시 갑판으로 나가 봤다. 아직 그 불빛은 멀어지지 않았다. 그렇다고 가까워지지도 않았다. 아주 느린 속도로 움직이는 것 같았다. 멀어지고 있는지도, 사라지려는 참인지도 몰랐다. 불이, 아주 큰불이 필요했다.

우리 요트 탈래?

정말이지 끝내주게 근사한 스토리를 올렸다. 이천우가 아니고서야 누구도 못 할 스토리. 이천우조차 두 번 다시 그럴 수 없을 스토리. 오죽하면 고은이 달려와 줄 뻔하지 않았다는가. 결말도 역시 이천우다워야 했다. 그렇게 돌아가야 했다.

집으로.

천우는 다시 살롱으로 들어갔다. 어둠 속을 더듬어 쉽게 찾았다. 가스 밸브를 열었다. 냄새가 나는 것도 같고, 아닌 것도 같았다. 확인할 방법은 단 하나였다. 『항해의 기본』을 챙겨 들고 밖으로 나와 살롱 출입문을 닫았다. 섬 쪽으로는 절대 안 될 말이었다. 갯바위가 너무 많았다. 수심이 깊더라도 차라리 바다 쪽이 나았다. 구명조끼를 입고, 그 위에 구명 튜브도 걸쳤다.

#플렉스_릴랙스

이야말로 진정. 천우는 그렇게 생각하며 살롱 출입문을 조금 열었다. 책에 불을 붙여 살롱으로 밀어 넣고 바다로 몸을 던졌다.

쾅!

6부

# 여전히
# 항해

# 비행

그들은 바다를 건넜다.

요트가 아닌, 배가 아닌, 비행기를 타고 단숨에 가까운 속도로 그 바다를 가로질렀다. 어떤 이야기는 알지 못한 채, 또 어떤 이야기는 말하지 못한 채.

백사장에 있던 그들이 폭음을 듣고 밤의 숲을 내달려 갯바위 해안으로 갔을 때, 천우신조호는 불길에 휩싸여 있었다. 조명탄이 바다를 환히 밝히고 있었다. 그 바다를 지나던 배에서 쏘아 올린 조명탄이었다. 얼마 안 가 굉음을 울리며 헬리콥터가 상공으로 날아들었다. 그들은 낯선 말들에 휩싸여 바다를 건넜다. 병원에 도착하고서야 이해할 수 있는 말들이 들려왔다.

괜찮아요? 한국어를 할 줄 아는 일본인 간호사였다.

그 섬은 부산과 대마도 사이 공해상에 위치한 무인도였고, 천우신조호를 발견한 것은 대만 국적의 화물선이었다. 실종된 한국 요트가 근처 해역에 있을지 모른다는 정보를 듣고 평소보다 주의 깊게 바다를 살피던 중이었다. 자히르가 발견한 편지 덕분이었다. 화물선의 신고가 일본 해경으로 접수되는 바람에 일본으로 호송된 거였다.

신조와 류와 노아와 태호.

다음 날 대사관에서 사람이 나왔다. 천우를 발견했다는 소식도 곧 들려왔다. 천우는 섬에서 10킬로미터 떨어진 해상에서 시신으로 발견되었다. 장진은 이미 며칠 전에 해운대 해수욕장에서 발견되었다는 소식도 함께 전해졌다.

어떻게 된 일이에요?

대사관 직원은 그들에게 물었으나, 그들 또한 묻고 싶었다. 어떻게 된 일이에요?

그들이 아는 것은 결과뿐이었다. 요트가 폭발했고, 천우는 목숨을 잃었다. 장진 또한 죽어서야 집으로 돌아갈 수 있었다. 그러나 어째서 그런 일이 일어났는지 그들 또한 모를 일이었다.

밤의 숲을 급히 달리다 넘어지면서 류는 왼쪽 팔이 부러졌다. 멍들고 찢긴 상처야 누구에게나 있었다. 그 밖의 큰 부상은 없었다. 그 밤의 정황을 돌이켜 볼 때 놀라운 일이 아니라 할 수 없었다. 그들은 무사했다.

그러나 무사란 일시적인 상태 혹은 감정인지라, 구조 소식에 잠시 안도했던 가족들은 곧 걱정에 휩싸여 공항으로 달려갔다. 노아의 부모와 류의 엄마 그리고 태호의 삼촌이었다. 신조에게는 아무도 와 주지 못했다. 이모가 눈물을 쏟으며 전화를 걸어 왔을 뿐이었다. 이모는 그 모든 충격을 감당하지 못하고 쓰러진 외할아버지 곁을 지켜야 했다. 아빠와 엄마에게서는 이모를 통해 한마디가 전해졌을 뿐이었다. 미안하다.

그들은 그렇게 돌아왔다. 요트가 아닌, 배가 아닌, 비행기를 타고.

질문이 그들을 기다리고 있었다.

# 당부

무작정 공항에 왔다.

어떤 비행기를 타고 오는지, 몇 시에 도착하는지도 고은은 정확히 몰랐다. 도착 날짜도 담임을 통해 어렵게 알아냈다. 그래도 기어이 학교를 빠지고 공항으로 왔다.

국제선 청사로 들어가니 입국장 앞에 기자들이 잔뜩 모여 있었다. 고은은 저도 모르게 얼른 돌아섰다. 그런데 상당한 고가로 보이는 카메라를 든 여자 둘이 지나가며 하는 말이 들려왔다. 이번에는 진짜 사인받고 말 거야. 그 소리에 다시 고개를 돌리니 색색으로 꾸민 플래카드를 든 사람들이 보였다. 어느 아이돌의 입국을 기다리는 인파였다.

그래도 눈에 띄게 나서기는 조심스러웠다. 고은은 공항 출입문 가까운 자리로 멀찍이 떨어져서 입국장을 지켜보았다. 입국장 문이 열릴 때마다 분위기가 파도를 탔다. 기대와 실망, 기대와 실망, 기대와 실망. 마침내 그들이 기다리던 아이돌이 나타나자 한바탕 흥분에 찬 소란이 일었다.

고은은 어쩌면 잘못 온지도 모른다는 생각이 들었다. 담임이 날짜를 잘못 알았을 수도 있었다. 아니, 애초에 도착 같은 건 예정되어 있지 않았는지도 몰랐다. 모든 게 거짓말 같았다. 다른 애들이 무사히 돌아온다는 것도, 천우는 그러지 못하게 되었다는 것도, 장진이 납골당에 안치되었다는 것도, 그런 스토리가 있었다는 사실마저도.

인스타그램에는 천우를 추모하는 해시태그가 생겼다. #리멤버천우 그때까지 인터넷에 가장 흔히 보이던 삐딱한 표정의 천우 사진은 자취를 감추었다. 고등학교 입학 때 제출한 증명사진이 그 자리를 대신했다. 불과 육 개월 전인데, 사진 속 천우는 한결 어리고 또 순했다.

#리멤버장진도 있었다. 바로 전날이 장진의 장례식이었다. 장진은 붐이라는 것에 머리를 맞아 목숨을 잃었다고, 언론은 그렇게 말했다. 기사에는 요트의 구조를 설명하는 그림도 첨부되어 있고는 했다. 요트에서 가장 흔히 일어나는 사고 중 하나라고 했다.

흔히.

고은은 그 말이 아팠다. 흔히 붐으로 사고가 일어나고, 흔히 사람은 죽는다. 죽음에는 순서가 없다. 고은도 그쯤은 알고 있었다.

아니, 알고 있다고 생각했다. 하지만 그건 다른 누군가의 죽음에 대한 얘기였다. 지금이 아닌 언젠가의 일이었다. 고은은 그 잔혹한 순서를 납득할 수 없었다. 믿을 수가 없었다.

그러나 아이돌을 기다리던 인파와 교대하듯 진짜 기자들이 하나둘 나타나기 시작했다. 고은은 무심코 모자를 더 깊이 눌러썼다. 기자들이 고은을 알아볼 리는 없었다. 더 이상 고은에게 메시지를 보내는 사람도 없었다. 그런데 저도 모르게 그러고 있었다.

"다 같이 들어온대?"

기자 하나가 고은을 지나치며 옆 사람에게 물었다. 질문을 받은 사람도 기자였다.

"그런다던데요. 죽은 애는 이미 왔죠?"

"응. 걔야 시신으로 발견됐으니까. 그나마 공해상이어서 다행이지 뭐야. 일본 영해로 떠내려갔다면 복잡했을 텐데."

다행이라고? 고은은 눈이 뜨거워졌다. 그 어디에 다행이 있어? 그러나 다들 자꾸 다행이라고 했다. 그나마 다행이라고, 불행 중 다행이라고. 장진의 시신이라도 해운대로 돌아와서, 천우를 빨리 발견해서, 다른 애들은 무사해서. 틀린 말은 아니었지만 그 말 또한 매번 아팠다.

고은은 그만 돌아섰다. 그 자리에 더 있기가 힘들었다.

그런데 공항 청사 출입문을 나서자 횡단보도 건너편에 아는 얼굴이 있었다. 단박에 가슴이 무너지듯 내려앉았다. 신호등이 초록

불로 바뀌고 그 얼굴이 횡단보도를 건너왔다. 혹시나 착각한 것 아닌가 했는데, 제대로 알아본 거였다.

장진의 누나 은진이었다.

"안녕하세요."

고은이 인사하자 은진은 그래, 했다. 은진도 건너편에서 이미 고은을 알아본 것 같았다. 고은은 그저 고개만 푹 떨구었다. 은진의 차분한 목소리가 들려왔다.

"그럴 거 없다. 인제 니까지 원망하고 그러지 않는다."

인제? 그건 좀 뜻밖의 말이라 고은은 눈을 들어 은진을 봤다. 은진의 얼굴에 힘없는 웃음이 떠올랐다.

"맞다. 처음에는 니까지 원망스럽고 그렇더라. 그 스토리에 대해 니가 좀 더 빨리 말했으면, 그랬으면 우리 장진이가 살았을지 모른다는 생각이 들더라고. 아니지, 그거를 생각이라고 할 수도 없고…… 그냥 다, 미웠다. 온 세상이 다. 근데 장례식이 끝나서 그런가……. 니도 마음고생이 심했겠다."

"아니에요."

고은은 진심을 담아 고개 저었다. 끔찍한 일주일이었다. 세상도, 사는 일도 무서웠다. 그러나 은진 앞에서는 진심으로 고개 젓지 않을 수 없었다.

"아니기는. 니도 마음이 볶이니까 여기 나왔겠지."

은진은 그렇게 말하고 손목시계를 확인했다. 비행시간까지 알고 나온 모양이었다.

"곧 나오겠네."

그렇게 말하는 은진의 표정이 갑자기 무너졌다. 둑이 무너진 듯 왈칵 눈물을 쏟았다. 고은은 저도 모르게 은진의 팔을 잡았다.

"언니, 그냥 내랑 같이 집에 가요."

은진은 두 손으로 얼굴을 가린 채 소리 없이 울기만 했다.

"언니, 가요. 그냥 가요. 어차피 지금 안에 기자들도 있어요. 괜히 언니 사진이나 찍히고 그럴지도 몰라요. 가요, 내랑 같이 가요."

그러나 은진은 고개 저으며 눈물을 닦았다.

"안 된다……. 사실 나도 좋아서 온 건 아니다. 나는 걔들 보기 싫다. 이런 마음 먹으면 안 되겠지만, 나는 걔들이 무사한 게 기쁘지가 않다. 왜 우리 장진이만 그래 됐는데? 왜 하필 우리 장진이였는데? 근데 우리 엄마 때문에 온 거다. 엄마가 자꾸 온다고 해서…… 엄마를 여기 나오게 만들 수가 없어서……. 그래서 내가 대신 왔다. 우리는 진짜 아직도 도저히 이해가 안 간다. 무슨 말인지 알겠나?"

"네."

그 마음을 다 안다 할 수는 없었다. 그래도 조금은, 아주 조금은 고은도 알 것 같았다. 고은 또한 이해가 가지 않았다. 그 모든 일들이. 이유를 안다고 결과가 달라지는 않았다. 그러나 이해할 수 없다면 이야기는 끝날 수 없는 거였다.

"우리 엄마가 개들을 한 번만 만나고 싶단다. 직접 듣고 싶단다. 언론이나 경찰 말고, 개들한테…… 장진이 친구들한테…… 그 자리에 있었던 애들한테……. 뭐라도, 아무거라도, 우리 장진이 이야기면 아무리 작은 거라도, 다."

은진이 다시 눈물을 쏟기 시작했다.

공항버스가 도착하며 어딘가로 떠나려는 사람들을 부려 놓았다. 캐리어 위에 일본 공항 면세점 쇼핑백을 얹은 사람들이 출구로 줄지어 나왔다. 공항 앞에서 사진을 찍는 사람들도 있었다. 마중을 나온 듯 반갑게 누군가를 부르는 소리도 들려왔다. 흔한 날, 아무렇지 않은 날, 사진으로 남기고 싶은 날을 보내는 사람들이었다.

고은은 마음이 아팠다. 그 자리에서 울고 있는 은진이 가여웠다.

"언니, 그럼 제가 애들한테 얘기할게요."

"니가?"

"네. 류하고는 원래 친해요. 제가 얘기하는 게 나을 것 같아요. 언니, 그만 집에 가세요. 연락 드릴게요."

고은이 말하는 동안 은진은 내내 고개를 끄덕였다

"고맙다, 고은아. 고맙다. 그리고…… 미안하다. 난처한 일을 부탁하네."

"아니에요, 언니. 그런 말 하지 마세요. 아무한테도 미안해하지 마세요. 미안할 일도 기운도 없잖아요. 그냥 집에 가요, 언니."

"그래. 고맙다, 정말……. 그러면 걔들한테 우리 엄마 말 좀 전해 주라. 한 번만 만나자고. 한 사람이라도 좋으니까, 단 한 사람이라도 좋으니까. 아무것도 아닌 이야기라도 좋으니까……."

"네. 언니. 걱정하지 마세요. 그게 뭐 어렵겠어요? 제가 얘기할게요."

그렇게 믿었다. 바다를 건너온 친구들과 함께 이야기도 돌아오고 있다고. 고은도 듣고 싶었다. 아무것도 아닌 이야기라도 좋으니까, 뭐라도. 천우의 이야기라면 뭐라도.

고은은 간절한 당부를 마음에 품은 채 공항 청사로 다시 들어갔다.

# 질문

입국장을 나서자 플래시가 요란하게 터져 댔다. 사람들이 웅성대는 소리가 높다란 공항 천장에 메아리를 울렸다. 기자들이 목청 높여 질문을 던지는 소리도 들려왔다. 지금 심정이 어떠십니까? 어떻게 된 일이죠? 왜 그랬습니까?

아마도 그런 질문일 거라고, 신조는 짐작했다. 소음처럼 들려오는 몇 마디로 충분히 알 수 있었다. 일본에서부터 계속 같은 질문을 들어 왔다. 한국에서 날아온 어른들도, 대사관 직원들도. 돌아와도 질문은 계속될 터였다.

경찰 조사를 받게 될 거라고 했다. 그러나 세상은 이미 다 알고 있는 것처럼 굴기도 했다. 그 스토리에 대해서도, 압류 통고장에 대해서도, 붐 그리고 폭발에 대해서도.

신조는 아직 세상의 말을 직접 접하지 않았다. 스마트폰도 없었고, 굳이 다른 사람에게 빌려서 보지도 않았다. 타국의 병실에 누워 있었던 덕분에 원치 않는 뉴스를 보게 되는 일도 없었다. 그래도 들렸다. 알게 되었다. 옆 침상에 누운 류의 엄마로부터, 대사관 직원으로부터, 노아의 부모나 태호의 삼촌으로부터. 온통 울음이던 이모와의 통화에서도 들려오는 말이 있었다.

천우가 스토리를 올렸다면서? 천우가 압류 통고장을 뗐다면서? 맞은편에 정박한 요트의 블랙박스 카메라를 조사한 경찰은 이미 그것도 파악하고 있었다. 붐에 옆머리를 맞았다면서? 그건 부검 결과에 따른 전문가의 분석이었다. 폭발의 원인은 엘피지 가스였을 거라는 추측도 있었다. 그러나 그 어디에도 신조가 정말 알고 싶은 이야기는 없었다.

도대체 오빠에게 무슨 일이 있었던 걸까. 어째서 밸브를 잠가둔 가스가 폭발했을까. 바로 그 주방에서 휴대용 버너를 사용하는 동안에도 아무 일 없었는데. 요트에 불씨라곤 남아 있지 않았는데.

"신조야!"

이모가 신조를 기다리고 있었다. 이모는 그렁그렁한 눈을 한 채 주위를 불안하게 살피며 신조의 어깨를 감싸 안고 걸음을 재촉했다. 신조는 이모의 어깨에 얼굴을 묻고 기자들 곁을 지나쳐 갔다.

그런데 공항 청사 출입문을 나서자 아는 얼굴이 보였다.

따로 인사를 한 적은 없었다. 어쩌다 동네에서, 학교에서 스친 적 있는 얼굴일 따름이었다. 이름도 몰랐고, 궁금해할 이유도 없었다. 그런데 오빠랑 같이 있는 걸 한 번 본 적 있었다. 딱 봐도 한창 달달하게 사귀는 사이 같았다. 어울리지 않게 여자 보는 눈은 있네. 그런 생각을 했던 기억이 났다. 그러고는 그만이었다. 류에게 듣고서야 고은이라는 이름을 알게 되었다. 두 달을 사귀다 얼마 전 난데없이 끝났다는 이야기도 들었다. 그 시점을 들어보니 신조는 상황이 대충 짐작 갔다.

고은이었다. 모자를 눌러쓰고 인파에 섞여 있었는데도 고은은 신조의 눈길을 끌었다. 국제선 청사와 어울리지 않는 어떤 분위기 때문인지도 몰랐다. 같은 마음은 서로를 보게 하는 법이다.

그러나 고은의 눈길은 신조 너머를 향하고 있었다. 신조가 돌아보니 류가 놀란 얼굴로 멈춰 서 있었다. 고은은 류를 만나러 온 모양이었다. 신조는 고은을 지나쳐 횡단보도를 건넜다.

앞서 나갔던 노아가 건너편에서 신조를 기다리고 있었다. 노아 엄마 아빠는 이미 주차장 입구에 가 있었다. 그런데도 노아는 신조가 길을 건너고서야 같이 움직였다. 주차장 입구에 이르렀을 때 노아가 신조 이모에게 물었다.

"빈소로 가시는 겁니까?"

"응. 그러라고 하네요. 지금 부모가 다 안 계시니 신조가 상주라……."

신조를 살피는 이모의 말투에 걱정이 가득했다. 내키지 않는 기색도 있었다. 조용한 한숨을 내쉬고 이모가 덧붙였다.

"애가 지금 거기 앉아 있을 상태가 아닌데…… 서두르시니."

큰아버지의 뜻일 터였다. 생각이 거기에 이르자 신조는 입이 열렸다.

"가자."

오빠가 떠나는 길을 큰아버지에게 맡길 순 없었다. 투덜대는 그 목소리가 들릴 듯했다. 내 보고 끝까지 큰아빠 얼굴을 보라고? 신조는 그만 울음을 터뜨렸다. 이모가 신조를 끌어안았다.

"그래, 울어, 응? 마음껏 울어……. 힘들면 지금 안 가도 돼. 가서 좀 쉴래? 쉬다가 갈래?"

어디서?

신조는 묻고 싶었다. 그 어디에도 신조가 쉴 곳은 없었다. 집이 없었다. 신조는 자세를 바로 하며 고개 저었다. 오빠한테 가고 싶었다.

"그럼 먼저 가 있어라. 내도 곧 갈게."

노아가 말했다.

그때 류가 다가왔다. 고은은 보이지 않았다. 류의 엄마와 아빠만 몇 걸음 뒤처져 오고 있었다. 류 엄마는 누군가와 통화를 하고 있었다.

"잠깐 얘기 좀 하자."

류가 신조와 노아를 번갈아 보며 말했다. 그러고는 신조 이모를 힐끗 봤다. 자리 좀 비켜 달라는 표정이었다. 이모가 당황한 기색으로 신조를 돌아봤다. 신조도 영문을 몰랐지만 조금 전에 본 고은의 얼굴이 떠올랐다.

"이모, 먼저 차에 가 있을래?"

이모는 찜찜한 표정을 지었지만 신조의 말에 따랐다. 노아도 저만치 기다리는 부모에게 가서 무슨 말인가를 하고 돌아왔다. 신조와 비슷한 이야기를 한 것 같았다. 류 엄마가 다가와 류에게 말했다.

"금방 온단다."

그러고서 류 엄마와 아빠는 서로를 외면한 채 주차 타워 엘리베이터를 타고 사라졌다. 그때 태호가 주차장으로 들어왔다.

다 같이 비어 있는 장애인 주차 구역에 모여 섰다. 어쩌다 같은 엘리베이터를 탄 것처럼, 그런데 고장으로 갇혀 버린 것처럼. 어색한 침묵이 감돌았다. 더 이상 한배를 탄 사이가 아니었다. 처음 함께 요트에 탔을 때보다 더 모르는 사이 같았다.

"왜, 뭔데."

태호가 새 운동화 앞코로 바닥을 툭툭 치며 먼저 입을 열었다. 그래도 대답이 돌아오지 않자 공지 사항을 기다리는 것처럼 노아를 봤다.

류가 입을 열었다.

"좀 전에 고은이를 만났다. 공항에 나왔더라고."

태호와 노아의 얼굴에 놀란 표정이 떠올랐다. 신조는 그 사실을 이미 알았는데도 그 이름이 나오자 몸이 뻣뻣하게 굳었다. 그런데 류가 덧붙였다.

"서장진 누나도 공항에 왔었단다."

아무도 대꾸가 없었다. 신조는 장진에게 누나가 있는 줄도 몰랐다. 모두 그럴 터였다. 장진의 가족이 공항에 나오리라고는 생각하지 못했다. 그런데 류의 말은 계속되었다.

"장진이 엄마가 우리를 한번 만나고 싶으시단다."

장진 엄마.

당연한 존재였다. 장진의 죽음은 단지 하나의 결과에 그치지 않았다. 끝나 버린 일이 아니었다. 충격과 슬픔, 분노와 고통과 절망, 그리고 의문이 되어 있었다. 장진이 사라진 자리를 떠날 수 없는 마음들이 있었다.

장진의 엄마라는 말이 실감으로 덮쳐 왔다. 아직 끝나지 않은 것이다, 장진의 엄마에게는. 장진을 잃은 마음들에게는.

많은 질문들이 기다리고 있다는 건 각오하고 있었다. 쉽지 않은 시간이리라는 것도 짐작할 수 있었다. 하지만 그것이 장진의 엄마라는 이름일 줄은 몰랐다.

"왜?"

그렇게 물은 건 노아였다.

왜? 신조가 노아를 돌아봤다. 왜냐고? 류가 어이없다는 투로 헛

웃음 비슷한 소리를 내고 노아에게 물었다.

"웰 거 같은데?"

"싫어."

태호가 잘라 말했다. 신조는 태호를 돌아봤다. 싫어? 그런 대답이 존재할 수 있었다. 싫어. 신조는 제 마음에서도 그 소리를 들었다. 태호가 말을 이었다.

"난 싫어. 못 해. 안 해…… 무슨 말을 해? 걔네 엄마한테 뭐라고 해? 무슨 일이 있었냐고 물으면…… 싫어. 난 못 해, 진짜……"

"그렇다고 어떻게 싫다고 하노?"

노아가 조금 언성을 높여 태호의 말을 잘랐다. 그러나 태호는 고개를 계속 저어 대며 다시 말했다.

"몰라. 난 싫어…… 아무튼 난 못 하겠다고. 뭐라고 해? 걔네 엄마한테 어떻게 말해? 우리는 장진이 죽은 줄만 알았다고 하면……"

"애 같은 소리 하지 마라!"

노아의 말이 날카롭게 주차장을 울렸다. 노아는 얼른 주차장을 둘러보고는 목소리를 낮추어 다시 말했다.

"안 만날 수는 없다. 니가 장진이 엄마 같으면 알았다고, 그럼 됐다고 할 거 같나? 싫다면 어쩔 수 없다고 물러날 거 같나?"

"그럼 어쩌자는 건데?"

류가 물었다. 노아가 곧장 대답했다.

"만나야지."

"만나서 무슨 얘기를 하는데?"

류가 물었다.

아무도 꺼내지 않은 질문이었다.

그 바다에서만 아니라 빠져나온 다음에도. 다른 사람들도 묻지 않았다. 다들 이미 모두 아는 것처럼 굴었다. 대사관 직원들도, 가족들도 그랬다. 봄에 사고를 당했다면서요? 그건 사실이었다. 거짓말이 아니었다. 그리고 바다로 쓸려갔던 거가? 그 또한 사실이었다. 결코 거짓은 아니었다. 신조는 그런 질문 앞에 울기만 했다. 눈물로 피하려던 건 아니었다. 구조된 뒤 내내 우는 것 말고는 할 수 있는 게 없었다. 누구도 신조에게는 더 묻지 않았다.

그런데 이제 질문이 기다리고 있었다. 결과가 아닌 진실을 묻는 질문.

신조는 내내 그 질문을 피해 왔다. 거의 잊고 있었다. 그러나 바다를 건너 돌아온 자리에 바로 그 질문이 기다리고 있었다.

다른 애들도 다르지 않을 터였다. 이미 다 안다는 듯한 질문에 그저 고개를 끄덕이기만 했던 것이다. 어쩌면 그게 사실인지 모른다는 생각마저 하며, 그렇게 끝났다고 믿으며.

노아가 다시 입을 열었다.

"안 그래도 한번 같이 얘기를 해야 되지 싶었다."

미리 생각해 둔 게 있다는 뜻이었다. 모두 잠자코 노아의 말을 기다렸다. 노아가 말을 이었다.

"장진이 엄마가 만나자고 하시면 만나야지, 다른 방법이 없다. 몰라서 만나자고 하시는 건 아닐 거다. 다 아시겠지. 국과수 부검 결과도 그렇고, 전문가 의견도 있었다고 하고. 이미 결론이 나 있잖아. 언론에도 다 보도가 됐다. 우리 가족들도, 대사관 직원들도 그렇게 알고 있잖아. 기사 못 봤나? 붐이라는 게 요트에서 가장 위험한 물건이라고 하더라. 선수들도 사고를 당하는 일이 많다고 했다. 장진이 식구들이라고 그걸 못 봤겠나? 그래도 우리한테 다시 듣고 싶으신 거다. 그러니까 괴롭지만, 만나서 말씀드리면 된다. 이미 밝혀진 대로, 결론 난 대로."

신조는 노아의 말을 알아듣기 어려웠다. 밝혀진 대로? 결론 난 대로? 붐에 의한 사고로 사망하고 바다로 떠내려갔다는, 그 바다에 대해 아무것도 모르는 사람들이 내린 한 줄의 결론? 신조는 묻지 않을 수 없었다.

"그럼…… 장진 오빠 엄마한테 거짓말을 하자는 거가?"

"거짓말은 아니지."

노아가 잘라 말했다. 신조는 다시 물었다.

"그럼 그게 뭔데?"

신조는 정말이지 알고 싶었다. 거짓말이 아니면 그걸 대체 뭐라고 불러야 하는지. 노아에게도 그 대답은 쉽지 않은 모양이었다.

"그냥…… 그냥 굳이 그런 얘기를 할 필요는 없다는 거다. 그래서 뭐가 달라지는데? 그 이야기까지 다 해서 달라지는 게 뭔데? 장진이가 살아나나? 있었던 일이 없어지나? 나도 마음이 괴롭다. 얼마나 후회했는지 모른다, 내내. 그렇지만…… 실수였잖아. 우리가 알고 그런 게 아니잖아. 그때 장진이가 살아 있는 줄 알았으면 나는 절대 안 그랬다. 느그도 다 마찬가지잖아. 진짜 어쩔 수 없는 상황이었잖아.”

“그럼 그렇게 말하면 되잖아.”

신조가 말했다.

“그걸 누가 이해해 주겠노? 그 자리에 없었던 사람들은 이해 못한다. 우리가 얼마나 놀랐는지, 겁이 났는지, 제정신이 아니었는지……. 신조야, 모르겠나? 지금은 그냥 사고지만, 그 얘기를 다 하면 이건……. 신조야, 우리가 책임을 져야 된다. 대가가 있을 거다, 이 말이다.”

“무슨 책임? 무슨 대가?”

류가 물었다.

“그건 나도 아직 잘 모르겠다……. 법적으로 뭐가 어떻게 되는지……. 그렇지만 처벌을 받든 안 받든, 우리는 그런 짓을 저지른 애들이 되는 거다. 온 세상에 그렇게 알려질지도 모른다. 아니, 아마 그렇겠지. 지금까지의 일만 해도 난리가 났던데, 그게 알려지면 얼마나 더 난리가 나겠노? 그리고 신조야.”

노아는 거의 애원이라도 하는 투로 신조를 불렀다.

"장진이 엄마는 그럼 어떠실 거 같은데? 그 이야기가 위로가 될 거 같나? 장진이가 살 수도 있었다는 말을 듣는 게 차라리 나을 거 같나?"

"그럼 모르면 어떨 거 같은데?"

신조가 되물었다. 신조는 아직 몰랐다. 어떻게 가스가 폭발했는지, 오빠는 어쩌고 있었는지, 무슨 생각이었는지, 무슨 마음이었는지.

"오빠도 알잖아. 그런 마음이 어떤지. 장진 오빠 엄마가 어떤 마음일지. 오빠…… 우리 오빠 친구였잖아. 진짜 친한 친구였잖아."

"어, 안다. 알지. 나도 돌겠다. 천우가 왜 그렇게 됐는지 머리가 깨지게 생각했다. 돌아가서도 또 생각하겠지. 근데 신조야……. 우리 이미 많이 힘들었다. 실수한 만큼 대가를 치렀다. 그렇지 않나? 천우는 죽어 버렸다. 니는 오빠를 잃었고, 나는 세상에서 제일 좋아하던 친구를 잃었다. 그런데 우리 여기서 더 해야 되나? 어차피 돌이킬 수도 없는 일 때문에?"

그래도,라고 신조가 입을 열려는데 노아가 말했다.

"우리만 아니라 천우도 욕을 먹을 거다. 죽어서도, 그렇게 죽었는데도."

신조는 그만 말문이 막혔다.

"그건 그렇다."

그렇게 말한 것은 류였다. 류의 말이 이어졌다.

"신조 니는 아직 못 본 거 같은데……. 지금은 천우가 그렇게 되고 동정하는 분위기인 모양인데, 그 전에는 오만소리가 다 있었더라. 천우신조호, 느그 부모님 일……. 사람들이 말을 만들기가 얼마나 좋겠노?"

그 스토리를 올린 애.

보지 않아도 신조는 다 알 것 같았다. 그런 말들을 이미 수없이 들은 것 같았다. 정말이지 오빠는 그에 딱 들어맞는 캐릭터였다.

"그리고 신조야. 섬에서 천우가 내한테 따로 부탁한 게 있다."

노아였다.

"나중에 돌아가면, 돌아가서 우리가 책임질 일이 생기면, 어떻게든 니는 아무것도 몰랐던 걸로 하자고. 니는 빼 줘야 된다고. 신조야, 오빠 마음을 모르겠나?"

아니, 알았다. 백골을 발견하던 날, 신조는 오빠에게 직접 그런 말을 듣기도 했다. 이 일은 내가 다 책임진다. 그러니까 니는 입 딱 다물고 서울로 가라.

"힘들면 니는 가만히 있어도 된다. 이모랑 서울 가라. 장진이 엄마는 내가 만날게."

노아는 류와 태호에게도 번갈아 눈길을 주며 말을 이었다.

"그냥 피할 수는 없다. 누구라도 장진이 엄마를 만나기는 만나야 된다. 그래야 끝이 안 나겠나? 그렇다고 꼭 다 같이 만날 필요는 없을 거 같다. 장진이 엄마도 그러셨다고 했잖아. 한 사람이라도 만나고 싶다고……. 우리라고 안 힘든 거 아니잖아. 그걸 아시니까 그렇게 말씀하셨겠지. 내 혼자라도 이해하실 거다. 그러니까 느그도 힘들면 너무 억지로 애쓰지 마라."

"진짜…… 너 혼자 괜찮겠어?"

태호가 물었다. 노아는 고개를 저었다.

"아니……. 나도 괴롭지. 생각만 해도 눈앞이 캄캄하다……. 그래도 어쩌겠노? 누군가는 해야지. 한 번은 겪어야 끝나지."

"그래, 그럼……. 미안해. 난 못 하겠어. 무슨 말을 해야 할지도 모르겠고……. 아니, 그냥 걔네 엄마라는 말만 들었는데도 돌아버리겠어. 마주 앉는 건…… 못 해. 못 하겠어. 미안해."

"나는…… 모르겠다……. 그냥, 지긋지긋하다……."

류가 말했다.

"그래도 우리 이렇게 돌아왔다 아이가. 이제 거의 끝났다. 다 끝났다."

거의 확신에 찬 노아의 말에도 류는 천천히 고개를 흔들었다. 더 이상 말없이 몸을 돌려 주차 타워 엘리베이터 쪽으로 가려다 다시 돌아보며 말했다.

"먼저 간다. 다들……."

그러나 류는 말을 맺지 않고 그대로 엘리베이터에 올라탔다.

"나도 이만 갈게. 그리고……."

태호도 무언가 말을 삼키고는 주차장 밖으로 사라졌다.

저만치서 지켜보고 있었던 듯 신조 이모 차가 가까이 다가와 섰다. 운전석 창문을 내리고 얼굴을 내보였다. 노아가 그쪽을 힐 금 보고는 신조에게 말했다.

"집에 들렀다가 나도 바로 빈소로 갈게. 먼저 가 있어라. 또 얘 기하자."

신조는 대답 없이 이모 차에 탔다. 이모가 신조에게 물었다.

"이야기는 잘 끝났어?"

아니.

신조는 생각했다. 아직 끝나지 않았다. 언제까지고 끝나지 않을 것만 같았다. 도무지 알 수가 없었다. 끝나지 않는 일들을 끝낼 방 법을. 여전히 파도가 끝없이 몰아치는 바다에서 떠돌고 있는 것 같았다.

# 편집

　주차장 2층으로 올라갔을 때, 류는 아빠를 먼저 발견했다. 주차장 기둥에 기대 서 있던 아빠가 류를 보고는 반갑게 몸을 일으켰다. 그러고는 얼른 차를 살피는 눈길을 류는 놓치지 않았다. 이혼 후 엄마와 아빠는 서로 문자 한 번 주고받지 않는 것 같았는데 며칠간 함께 속을 태웠을 터였다. 그러나 모든 것이 제자리로 돌아왔다.

　류는 집으로 돌아왔고, 엄마 아빠는 어색한 사이로 되돌아갔다. 그에 대해 특별히 어떤 기분이 드는 건 아니었다. 엄마 아빠가 이혼했을 때 사실 류는 얼마쯤 후련하기도 했다. 더 이상 집 안에서 큰소리는 나지 않게 되었다. 아빠가 그립기는 해도 저녁마다 아빠를 기다리며 눈물짓는 나이는 지나 있었다.

　"아빠, 호텔에 있나?"

류의 짐작대로 아빠는 고개를 끄덕였다. 지난번에 부산에 왔을 때도 머물렀던 호텔 이름을 댔다. 부산역 바로 앞에 있는 비즈니스 호텔이었다. 류의 집에서 환승 없이 지하철로 갈 수 있었다.

"응. 그럼 내일 만나자. 내가 아빠한테 갈게. 군만두 먹고 싶다."

"그래도…… 일단 같이 타자. 너 집에 들어가는 거 보고 갈게."

"엄마랑 가는데 잘 들어가지, 그럼 못 들어가겠나? 별걱정을 다 하네. 됐다. 가라. 내일 만나자. 나 피곤하다."

잠시 빤히 보던 아빠가 피식 웃으며 류의 머리를 쓰다듬었다.

"너는 큰일을 겪었어도 어쩌면 이렇게 똑같니? 하여튼 신기한 우리 딸."

"똑같나?"

그렇게 묻는데 왜 그런지 눈이 뜨거워졌다. 류는 후딱 돌아섰다. 남들 앞에서 울고불고하는 건 딱 질색이었다. 언젠가 그렇게 말했다가 엄마한테 서운하다 원망을 들은 적 있지만, 어쩔 수 없었다. 아빠가 놀라는 거야 당연했다.

"왜? 아빠가 말 잘못했어? 미안해……. 그 일을 다 겪고 왔는데, 아빠가 쓸데없는 소리를 했네. 마음이 많이 안 좋지? 같이 갔던 친구들을 잃고 왔으니, 니 마음이 오죽하겠니……. 알아, 알아. 아빠는 다 알아. 알지?"

아빠는 정말 그렇게 믿는 것 같았다. 바다의 일이니까, 항해의 일이니까. 하지만 류는 아빠에게 고개를 끄덕여 줄 수가 없었다.

아니, 아빠는 몰랐다. 바다는 한결같아 보이지만, 그날의 바다는 달랐으니까. 어떤 날도 같은 바다는 없으니까. 그래도 류는 억지로 조금 웃었다.

"나 갈게. 내일 보자."

류는 엄마 차에 탔다. 엄마는 룸 미러로 아빠 쪽을 힐긋 봤지만 더 묻지 않았다. 그대로 주차장을 빠져나가 집으로 가는 길로 달리기 시작했다.

익숙한 풍경이 눈앞에 펼쳐졌다. 김해국제공항에서 부산 방향으로 이어진 고가 모노레일이 시원스럽게 평야를 가로지르고 있었다. 두 량짜리 전차 두 대가 자못 낭만적인 풍경을 스쳐 달려갔다. 류는 스토리피자에 그 모노레일을 배경으로 한 이야기를 여러 편 썼다. 친가가 제주도라 공항 가는 길은 눈을 감고도 떠올릴 수 있었다.

모노레일이 아니래도 류에게 이야기를 만드는 일은 어렵지 않았다. 일본에서도 그랬다. 제일 멀쩡해 보였는지 대사관 직원이 류에게는 꽤 질문을 많이 했다. 장진에 대해서도 물론 물었다. 류는 매번 고개를 끄덕이기만 했다. 보태지도 바꾸지도 않았다. 다만 생략된 부분이 있을 따름이었다.

어쩌면 이렇게 똑같니, 우리 딸?

그 또한 작가에 의해, 류에 의해 편집된 이야기였다. 끝내면 될 일이었다. 그건 류가 특히 자신 있어 하는 대목이었다. 적당한 때에 깔끔하게 이야기를 마무리하는 일. 정말이지 지긋지긋했다. 노아가 끝내 준다니 그대로 맡기면 될 일이었다.

류는 창밖으로 펼쳐진 누런 들판으로 눈을 돌렸다. 가을로 접어드는 들판은 이제 막 금빛으로 물들기 시작한 참이었다. 거기서는 바다를 조금도 느낄 수 없었다. 류가 사는 동네도 바다에서 한참 멀었다. 그 길을 지날 때면 늘 바다가 그리웠다. 가만히 눈을 감고 바다를 떠올리고는 했다.

그러나, 바다.

그 말조차 잊고만 싶었다. 바다를 생각하면 떠오르고 마는 얼굴들이 있었다. 순간들이 있었다.

"딸, 우나?"

엄마가 묻는 소리가 들려왔다. 류는 그제야 뺨이 젖었다는 사실을 깨달았다. 정말이지 작가의 의도를 따르지 않는 이야기였다. 류는 얼른 눈물을 닦았다.

"울기는."

그래도 이야기가 말을 듣지 않았다. 눈물이 계속 흘렀다. 그만 어린애처럼 엉엉 소리 내어 울고 말았다. 간단히 편집할 수 있을 줄 알았다. 그런데 쉽지 않았다. 캐릭터가 완전히 무너져 버렸다.

"아이고……."

엄마가 조수석으로 팔을 뻗어 류의 손을 꼭 잡았다. 안전 운전, 하고 뿌리쳐야 하는데, 그게 민류인데. 그조차 잘 되지 않았다. 류도 엄마의 손을 꼭 마주 잡았다.

"있제, 니 호주 가라."

류가 엄마를 보았다. 엄마는 도로에 눈을 둔 채 말을 이었다.

"니도 인제 다 보고 듣게 되겠지. 이번 일을 겪으면서 내가 학을 뗐다. 니 학교 자퇴한 걸 가지고도 뭐시라 뭐시라 어찌나 말들이 많은지……. 더럽고 엥꼬봐서 한국에서 아아 못 키우겠더라. 느그 아빠도 좀 자리를 잡기는 잡은 모양이라카고. 남들은 호주에 아아를 못 보내서 난리던데, 진작 보내 줄 걸 그랬다. 엄마 욕심에 니를 붙들고 있다가…… 이래 큰일까지 당하게 했네. 미안하다, 류야. 가라. 니 호주 가라."

아니라고, 영어라면 아주 딱 질색인 거 모르냐고 대꾸할 수 있었다. 엄마가 얼마나 외로움을 많이 타는 사람인 줄 아는데 어떻게 엄마를 혼자 두느냐고 할 수 있었다. 그러면서도 얼굴은 이미 너무도 환해서 엄마한테 등짝을 맞을 수 있었다. 좋으면 좋다캐라! 그러면 미안, 하고 헤실헤실 웃고는 집에 도착하자마자 캐리어를 꺼낼 수도 있었다.

그러나 류는 그저 눈물만 흘렸다.

호주, 세상에서 가장 아름다운 바다의 나라. 아직 호주에 가 본 적 없었다. 그래도 영상이나 사진은 수없이 봤다. 이제는 그 바다마저 전과는 다른 기억으로 떠올랐다.

이야기와 삶은 달랐다. 삶은 마음에 드는 설정만 골라 편집할 수 있는 이야기가 아니었다. 바다는 천우신조호였고 장진이었고 장진의 엄마였다. 호주의 바다는 부산의 바다였고 그 섬의 바다였다. 이야기와 삶은 달랐다. 삶의 이야기는 만드는 게 아니었다. 살아 내야 하는 거였다.

그러나 편집은 작가의 몫, 그것만은 같았다. 류는 스스로에게 물어야 했다. 어떤 이야기를 원하느냐고. 어떤 이야기를 살아 내고 싶으냐고.

# 부산

택시를 탄 뒤 한동안 조용히 스마트폰을 보던 삼촌이 아, 하더니 태호를 돌아봤다.

"담임 선생님께서 오늘 나오지 못해 미안하다고 문자 보내셨어. 학교에 급한 일이 생겨 어쩔 수 없으셨대."

"별말씀을 다 하시네요. 뭘 선생님까지."

"그러게. 너네 선생님 참 좋으시더라. 할머니들도 얼마나 고마워하셨나 몰라."

태호도 절절히 깨달은 바였다. 담임이 월이를 찾아 주었다. 일본에서 삼촌에게 그 소식을 듣고 또 한참을 울고 말았다.

"네. 저도 정말 너무 감사해서 어떻게 말씀을 드려야 할지 모르겠어요. 선생님도 정신없으셨을 텐데 월이까지 찾아 주시고……."

"아, 그건 너희 담임 선생님이 아니야."

영문을 몰라 삼촌을 돌아보았다.

"담임 선생님께서 월이를 우리한테 데려다주시긴 했는데, 월이가 있는 곳을 찾아낸 사람은 따로 있어. 이름이 뭐랬지…… 아, 그 왜, 너희가 요트 타고 나갔다는 걸 제일 먼저 알아챘다는 애."

"고은……이요? 강고은이요?"

고은이가 그 스토리를 알리면서 수색이 시작되었다는 얘기는 일본에서 이미 들은 터였다.

"고은이가 우리 월이를 어떻게 알고요?"

"그건 모르겠네. 네가 물어봐. 고맙다고 인사도 하고. 걔가 정말 애썼다더라. 부산이고 양산이고 김해고, 보호소마다 전화를 돌렸다는 거야. 경찰서에 찾아가서 조르기도 하고. 그러다 창원에 있는 보호소에서 기어이 월이를 찾아냈다지 뭐냐? 아, 혹시…… 걔가 네 여친이냐?"

"아니에요, 그런 거."

그만 천우가 생각나고 말았다. 고은이랑 사귀는 사이였다는 얘기에 속으로 어이가 없었다. 부산 학교에 다닌 건 방학 전 며칠에 불과했지만 태호는 그새 고은을 기억하고 있었다. 하여간 여자들은 남자 보는 눈이 없어. 그런 생각을 했던 게 떠올랐다.

"야, 걔 진짜 네 여친이야?"

"아니라니까요."

"그럼 뭐야……. 좋아하는 애야? 갑자기 왜 이렇게 진지해?"

삼촌은 혼자 싱글벙글이었다. 태호는 더 이상 대꾸를 않고 창밖으로 고개를 돌렸다. 도대체 어떻게 된 일인지 짐작도 가지 않았다. 느낌 좋은 여자애라 기억하고 있을 뿐, 태호와 고은은 교실에서 말 한 번 섞어 본 적 없었다.

아무래도 고은한테는 연락해 봐야 할 것 같았다. 궁금하기도 했고, 무엇보다 고맙다는 인사를 꼭 해야 했다. 또 이렇게 엮이고 있었다. 비행기를 타고 오며 속으로 다짐했다. 부산이라면 이가 갈린다고, 최대한 빨리 떠나고 말겠다고. 돌아가는 대로 할머니한테 사정이라도 해 볼 참이었다. 다시 남양주로 돌아가자고, 부산만 아니라면 어디라도 좋다고, 혼자라도 가게 해 달라고.

그런데 고은이 월이를 찾아 줬다는 거였다. 고맙다고 말하면 고은은 뭐라고 할까. 괜찮다고 할까. 다행이라고 할까. 아니면 천우에 대해 물을까. 어쩌면 장진 엄마를 만났냐고 물을지도 몰랐다. 그런 생각만으로 태호는 숨이 막혀 왔다.

고맙다는 메시지나 보내는 게 나았다. 염치없지만 어쩔 수 없었다. 입장을 모르지 않으니 고은도 이해할 터였다.

어느새 택시는 광안대교로 접어들었다. 바다, 그 바다가 한눈에 들어왔다. 그러나 바다에서 먼 쪽 차선으로 달리고 있던 탓에 창밖의 풍경은 옆 차선을 달리는 자동차들로 바뀌었다. 곧 커다란 컨테이너를 실은 화물차가 시야를 온통 가렸다.

그래도 다 보였다. 더없이 맑은 가을 하늘 아래 부산의 바다는 초록빛을 띠고 있었다. 수평선을 지나는 대형 선박과 작은 어선들로 바다는 분주했다. 모터보트며, 관광객들을 태운 유람선도 부지런히 바다를 오갔다. 해수욕장이 폐장해도 부산 앞바다는 여전히 여름이었다. 물살을 가르는 제트 스키와 윈드서핑 보드, 그리고 패들 보드까지 아직 한창 여름이었다. 그 사이로 세일을 활짝 펼친 요트들이 맵시를 뽐내듯 바람을 타고 있었다.

천우신조호가 마리나를 떠나던 그날의 바다였고, 삼촌 차를 타고 처음 해운대로 향하던 날의 바다였다. 할머니 댁 마당에서 오 분만 걸으면 내려다보이는 바다, 월이랑 백사장을 뛰놀다 문득 고개를 들면 보이던 그 바다였다.

그 바다를 잊을 수는 없을 것 같았다. 어디로 간들 태호에게 바다는 부산이었고, 부산은 바다일 터였다.

다시 시가지를 잠시 달리던 택시는 큰길을 빠져나가 바다가 보이는 이면 도로에 멈춰 섰다. 언덕바지 골목길을 조금 더 올라가야 했지만 삼촌이 거기서 택시를 세웠다. 왜 그러나, 태호가 어리둥절한 채 차 문을 여는데 반가운 소리가 들려왔다.

월! 월월월!

월이가 짖는 소리였다. 단박에 알아들을 수 있었다. 마당 있는 집이 많은 동네라 큰 개를 키우는 집도 여럿이었다. 그래도 월이 소리는 달랐다. 하도 정확한 발음으로 월월 짖어서 처음 보는 순간 이름을 월이로 정했던 것이다.

월! 월월월월!

언덕길을 따라 할머니랑 월이가 내려오고 있었다. 태호는 울음을 터뜨리며 달려갔다. 할머니가 월이의 리드 줄을 놓쳤다. 혹은 놓아준 것인지도 몰랐다. 월이가 달려와 태호를 덮치듯 안았다. 월월! 월월월! 월이가 묻고 있는 것 같았다. 어딜 갔었어? 왜 이렇게 늦었어? 무슨 일이 있었어? 할머니가 태호를 얼싸안았다.

"할머니…… 죄송해요……."

"괜찮아. 괜찮아. 그런 소리 마. 무사히 왔으면 됐다, 됐어. 아유, 불쌍한 우리 애기……. 우리 애기 속상해서 어떡하니? 세상에, 어쩌면 그런 일이……."

할머니 또한 묻고 있는 것 같았다. 왜 그랬어? 무슨 일이 있었어? 어째서 이렇게 늦었어?

노아에게 맡기면 될 것 같았다. 거의 고맙다고 말할 뻔했다. 장진의 엄마, 그 한 번만 피하면 될 것 같았다. 하지만 단지 장진의 엄마만이 아니었다. 월이가 묻고, 할머니가 묻고, 고은이 물었다. 어디서나 그렇게 물을 터였다. 물어 오는 소리를 들을 터였다. 정말이지 이미 단단히 엮여 버렸다.

문득 고개를 드니 파도 한 조각 보이지 않는 드넓은 바다가 펼쳐져 있었다. 부산, 그리고 보니 부산이 월이를 만나게 했다. 잃게 했고, 또 되찾게 했다. 그리고 묻고 있었다.

대답은 태호의 몫이었다.

# 기도

모든 것이 떠나던 날과 다를 바 없었다.

침대는 반듯하게 정리되어 있고 책꽂이의 책들도 가지런했다. 책상 위는 말끔하게 치워져 있었다. 단 하나 차이는, 책상 한가운데 놓여 있는 십자가였다.

엄마가 거기서 기도를 했던 모양이었다. 기도하지 않을 때조차 기도를 바치는 마음으로 십자가를 책상에 놓아두었을 터였다. 노아는 십자가에 손끝을 가만히 대 보았다. 같이 일본에서 돌아왔으니 엄마가 그 십자가로 기도한 지 여러 날이 지나 있었다. 그런데도 온기가 느껴지는 것 같았다.

의자에 앉아 책상에 두 손을 가지런히 올렸다. 제자리로 왔다. 돌아왔다는 실감이 났다. 초등학교 4학년 때부터 쓴 책상이었다. 학생용 가구가 아니었다. 아빠 교회 신도 중 목공방을 운영하는 사람한테 부탁해서 따로 맞춘 큼직한 책상이었다.

노아는 거기서 자랐다. 거기가 노아의 자리였다. 하루하루 해야 할 일을 하고, 하나하나 이루어야 할 것들을 이루어 왔다. 바라던 외고에 가지 못한 건 아쉬웠지만 전화위복의 기회로 삼겠다고 다짐한 곳도 바로 그 책상이었다. 1학기 내신을 성공적으로 관리했고 학생부도 한 줄 한 줄 채워 가고 있었다. 지금 당장 입시를 치른다면 학교장 추천서도 노아의 몫이었다.

그런데 잠시 자리를 벗어났다. 가끔 그럴 때가 있었지만 곧 돌아오고는 했다. 이번에는 좀 오래 걸렸다. 아직 돌아왔다고 할 수 없었다. 발인이 내일이었다. 천우의 곁을 지켜야 했다.

그렇다고 들었다. 사람들이 말해 주었다. 천우는 죽었다고. 두 번 다시 천우를 만날 수 없다는 뜻일 텐데, 노아는 아무래도 그 말들이 다른 사람의 이야기인 것만 같았다. 모르나? 내 성질나면 혼자 있어야 되는 거. 아직도 천우가 어딘가에 혼자 틀어박혀 있을 것만 같았다. 심심하면 메시지 보낼 거니까 읽씹이나 하지 마라.

노아는 두 손으로 얼굴을 감싸며 눈물을 흘렸다. 엄마가 놓아둔 십자가에 손을 얹고 기도하려고 했다. 그러나 그 어떤 기도의 말도 떠오르지 않았다. 예배에서, 학생부 모임에서, 때로는 목사인 아빠가 함께하는 가족 모임에서조차 이따금 노아가 기도를 이끌었다. 기도가 어려웠던 적은 없었다.

그런데 천우를 생각하면 신조가 떠올랐고, 신조를 생각하면 류가, 태호가 그리고 장진이 떠올랐다. 먼저 간다. 다들……. 나도 이만 갈게. 그리고……. 류와 태호가 삼킨 말은 무엇이었을까. 오빠도 알잖아, 그런 마음이 어떤지. 그렇게 말하던 신조를 떠올리자 다시금 눈물이 솟았다.

노아도 알았다. 그런 마음을. 어째서 요트가 폭발한 걸까. 신조는 분명 밸브를 잠갔는데. 불씨라고는 가지고 나온 휴대용 버너가 전부였는데. 대체 무슨 일이 있었을까. 떠오르는 기도의 말은 온통 의문이었다.

똑똑 조심스럽게 두드리는 소리와 동시에 방문이 열렸다. 엄마였다. 노아는 얼른 얼굴을 닦고 돌아봤다.

"나가자. 좀 빨리 가 있는 게 안 낫겠나."

"어디를요?"

노아가 묻자 순간 당황하는 것 같던 엄마의 얼굴에 슬픈 표정이 떠올랐다.

"니가 아직 정신이 없구나. 잊어버렸나? 저녁에 예배 있다고 했잖아. 니 돌아온 거 감사 기도 하러 온다고 연락이 계속 온다."

집으로 오는 길에 엄마가 차 안에서 얘기한 모양이었다. 뭔가 대꾸도 했던 것 같은데 기억이 흐릿했다. 머릿속 어느 부분이 고장 나 버린 것 같았다. 노아는 그냥 아무렇지 않은 척 대답했다.

"아니요. 잊어버리기는요. 그게 아니라…… 아무튼 나갈게요."

그러고서 거실로 나가니 아빠도 준비를 마치고 기다리고 있었다. 노아도 돌아오자마자 샤워를 하고 옷을 갈아입은 터였다. 하지만 예배에 가려던 건 아니었다.

"아빠 엄마, 죄송해요. 저는 천우 빈소에 가 봐야 할 거 같아요."

노아의 말에 엄마 아빠가 얼른 눈짓을 주고받았다. 일 초나 될까 싶은 순간, 그래도 담긴 의미는 명백했다. 또 이천우, 하는 뜻이었다. 엄마 아빠만이 아니었다. 노아 주변에서 천우에 대해 좋은 말을 하는 사람은 없었다. 어른들도, 심지어 애들도 그랬다.

가끔 그런 날이 있었다. 김노아가 김노아 같지 않은 날. 그런 날에는 어김없이 천우가 함께 있었다. 다들 그럴 줄 알았다고 했다. 김노아가 이천우의 꼬임에 빠진 거라고들 했다. 실은 그렇지 않았다. 그 반대였다. 노아가 나서면 천우가 노아를 걱정하며 따라온 거였다. 천우신조호를 타고 바다로 나갔던 것처럼.

노아는 가끔 자신이 천우를 이용하는 기분이 들고는 했다. 일종의 알리바이로 삼은 것 같았다. 또 그러고 있었다. 엄마 아빠가 이천우, 하고 못마땅한 눈짓을 교환하게 만들었다. 노아는 다시 말했다.

"알았어요. 그럼 예배 끝나고 갈게요."

차라리 그편이 나았다. 예배 중에는 기도도 할 수 있을지 몰랐다. 그런데 앞서 현관으로 나서던 엄마가 문득 노아를 돌아봤다.

"맞다. 니 혹시…… 서장진 엄마한테 연락받은 거 있나?"

노아는 그대로 얼어붙었다. 엄마는 그것을 부인으로 해석했다.

"다행이네. 실은…… 장진이 엄마가 느그를 만나고 싶다고 선생님한테 연락을 했다. 느그도 힘든데, 느그도 다 피해잔데…… 자꾸 그런단다. 단 한 사람이라도 만나면 좋겠다고."

"심정이야 알겠지만…… 이미 돌이킬 수 없는 일을 어짜겠노? 사람 손을 떠난 일인데."

아빠는 그러고서 아멘, 하고 나직이 읊조렸다. 엄마도 아멘, 하더니 노아에게 다시 말했다.

"니는 안 된다고 내가 선생님한테 분명하게 말씀드렸다. 경찰 조사를 받는 거야 어쩔 수 없는 모양이더라마는, 더 이상은…… 조심하는 게 안 낫겠나. 이런저런 입에 더 이상 오르내리지 않게 해야지. 장진이도 천우도 딱하지만, 그 일로 니 인생에 피해를 입을 수는 없다 아이가."

"길게 말할 거 뭐 있노?"

아빠가 엄마의 말을 부드럽게 자르고는 다시 노아에게 눈을 돌렸다.

"니는 니 하던 대로 하면 된다. 니가 어데 남들 소리에 휘둘리는 아아가. 다른 아이들은 모르겠다. 장진이 엄마를 만날 수도, 안 만날 수도 있겠지. 니는 그저 귀 닫고, 눈 감고, 기도하고, 그러면 된다. 그거면 된다. 니 할 일을 하면 된다. 알제?"

노아는 대답하지 않았다. 이미 엄마 아빠의 말은 노아의 귓전을 스쳐 흘러가고 있었다. 엄마의 그 한마디만 또렷했다.

한 사람. 단 한 사람.

장진의 엄마는 한 사람이라도 좋다고 했다. 그러나 그 한 사람은 곧 모두였다. 누구든 한 사람이라도 나선다면 이야기는 완전히 달라지게 되었다. 오빠도 알잖아, 그런 마음이 어떤지. 노아는 엄마 아빠를 밀치다시피 지나쳐 급히 운동화를 구겨 신었다.

"와 이라노?"

엄마가 놀라 물었다. 대답할 겨를도 없이 노아가 움직이려는데, 엄마가 팔을 붙잡았다.

"엄마 아빠, 저 아무래도 지금 빈소에 가 봐야 할 거 같아요."

"어허, 진정해라. 니가 그렇게 흔들리면……."

"죄송해요."

노아는 아빠의 말을 자르고 밖으로 뛰쳐나갔다. 천우에게로, 아니 신조에게로, 어쩌면 단 한 사람에게로.

# 한 사람

장례식장은 초라했다.

화환 하나 없었다. 입구의 신발장도 거의 비어 있었다. 부의금 받는 자리를 지키는 사람마저 없었다. 음식 냄새가 풍기지도, 사람의 말소리가 들려오지도 않았다. 입구에 걸린 모니터 자막만 묵묵히 그곳의 주인을 알리고 있었다.

고 이천우.

상주는 부모였다. 부 이동기. 모 조선정.

그중 누구도 자리에 없었다. 천우는 그저 이름이었고, 부모는 여전히 잠적 중이었다. 신조가 빈소로 들어서자 상주 자리를 지키고 있던 큰아버지가 몸을 일으켰다.

"왔나."

신조는 오빠의 영정 앞에 무너졌다. 그래도 천우의 얼굴에는 어색한 미소만 걸려 있을 따름이었다.

국화꽃 사이에 놓인 천우는 교복 차림이었다. 고등학교 입학 때 학교에 제출한 증명사진이었다. 머리가 좀 짧았다. 미용실에 다녀온 지 얼마 되지 않은 때인 것 같았다. 평소보다 순하고 어려 보였다. 천우는 그 사진을 마음에 들어 하지 않아 했을 터였다.

오빠……. 신조는 영정 앞에 엎드려 흐느껴 울었다. 오빠가 가여웠다. 오빠가 들으면 펄쩍 뛸 소리였다. 불쌍하다고, 내가? 이천우가? 오빠가 원망스러운 생각도 들었다. 죽었잖아. 죽어 버렸잖아……. 같이 돌아오기로 했으면서, 부산에 살기로 했으면서, 우리 집을 갖기로 했으면서. 어렸을 때처럼 손가락 걸고 약속한 적 없지만, 신조는 알았다. 오빠의 마음을 다 알았다. 이제는 알 수 있었다.

이모가 울먹이며 신조의 어깨를 감싸 안았다. 신조는 이모 품에 안겨 울음소리를 높였다. 이모도 함께 울며 말했다.

"내가 나빴어……. 미안해……. 너희 둘 다 나한테 오라고 할걸. 둘 다 내 조카라고 할걸. 그랬으면 너희가 그렇게 떠나지 않았을 텐데……. 신조야, 미안해. 이모가 미안해. 다 미안해……."

"아이고, 이러다가 남은 아아도 잡겠네."

큰아버지가 요란한 한숨을 쉬었다. 큰어머니가 다가와 신조의 손을 꼭 잡았다.

"밖에 이름 안 걸렸어도 니가 상주다. 좀 있다가 느그 오빠 학교 친구들이 온다캤다. 일어나라. 상복 챙겨 입자."

신조는 큰어머니 말을 제대로 알아듣지도 못했다. 그저 이모가 이끄는 대로 일어나 상복으로 갈아입고 빈소로 돌아왔다.

줄지어 놓인 기다란 탁자들은 거의 비어 있었다. 친척 어른들 몇몇이 한 탁자에 모여 앉아 술잔을 기울이고 있을 따름이었다.

그런데 동떨어진 자리에 혼자 앉은 사람이 있었다. 신조 엄마 또래의 여자였다. 넋을 잃은 얼굴이었다. 가장 구석진 벽에 등을 기댄 채 겨우 버티는 것 같았다. 신조의 눈길을 느낀 듯 그 사람이 신조를 봤다. 텅 비어 있던 얼굴에 표정이 떠올랐다. 알아보는 눈빛, 그러고는 그만 온 얼굴이 슬픔으로 무너졌다.

신조도 그 사람을 알아봤나. 한 번도 만난 적 없고 사진으로도 본 적 없었다. 막연히 상상해 보기는 했다. 오빠와 닮았을 줄 알았다. 하지만 그 사람은 키도 작고 몸집도 작았다. 천우보다는 오히려 신조와 닮아 보일 터였다.

"신조…… 맞지……."

그렇게 손을 내미는 사람은, 천우의 친엄마였다. 신조는 그만 다시 눈물을 쏟으며 그 앞에 주저앉았다. 천우 엄마가 신조의 손을 잡았다.

"불쌍해라……. 어떡하니……. 불쌍해서 어떡하니……."

천우 엄마가 손으로 신조의 젖은 뺨을 매만졌다. 신조는 슬픔에 숨이 막혔다. 죄송해요, 죄송해요……. 말이 되어 나오지 못한 마음을 천우 엄마는 다 알아듣는 것 같았다.

"……너라도 무사해서 다행이야……. 우리 천우가 너를 얼마나 좋아했게……. 우리 천우한테 하나밖에 없는 동생……. 함께 돌아왔으면 얼마나 좋았을까? ……아, 미안해, 신조야……. 근데 나 너무 속상해. 천우는…… 우리 천우는……. 왜 천우만 거기 있었니? 왜 그 요트에……."

"그런 말씀은 나중에 하시죠."

신조 이모가 천우 엄마의 말을 잘랐다. 낮지만 단호한 말투였다. 천우 엄마는 원망스러운 눈으로 이모를 보았지만 조용히 신조의 손을 놓아주었다.

"신조야, 가자."

신조는 이모가 이끄는 대로 빈소로 돌아갔다. 무너지듯 주저앉아 있는데 사촌 오빠가 옆에 다가와 앉았다. 그때 조문객이 찾아왔다.

천우와 같은 교복을 입은 남자애들이었다. 어색한 얼굴로 서 있는 그 애들을 향해 사촌 오빠가 예를 갖추어 인사했다. 그 애들도 마주 인사를 했지만 그저 엉거주춤 서 있었다. 천우 큰어머니가 다가와 조문하는 법을 알려 주었다. 그제야 그 애들은 천우에게 향을 올리고 절을 했다. 그러고는 물러나며 한 친구가 울음을 터뜨렸다. 다음으로 천우 담임과 다른 친구들이 다녀갔고, 친척들도 차례로 나타나 조문하고는 식탁에 모여 앉아 어두운 얼굴로 술잔을 기울였다.

신조는 그저 넋을 놓고 주저앉아 있었다. 무언가 해야 한다는 건 알았다. 아마도 사촌 오빠처럼 조문객을 맞아야 하는 모양이었다. 그러나 아무것도 할 수 없었다. 다행히 조문객이 많지 않았다. 누구도 신조에게 다른 무언가를 바라지 않았다.

이따금 신조를 향해 혀를 차는 소리가 들려왔다. 아아가 정신이 나갔네. 저래 가지고 어째 견디겠노? 어린 거 혼자.

누군가 그렇게 말문을 열면 큰아버지는 대개 이렇게 이야기를 이어갔다. 집안이 풍비박산이다, 풍비박산. 그래 욕심을 내 쌓더니 기어이 집안을 들어먹고 아들까지 저 지경으로 만들었다. 무슨 방송에 보도가 된나는 말도 있다카더라. 망신이 이런 망신이 없다. 세상에, 집안에 망조가 들면 바닥을 모른다카더마는. 내가 그 꼴을 보게 될 줄은 몰랐다, 참말로……. 그러면 또 천우와 신조를 동정하는 말들이 이어지고는 했다. 어른이야 그렇다 치고, 아아들 불쌍해서 우야노. 어쩌면 그렇게 운이 없었노? 구명조끼도 입고 있었다는데 소용이 없었던 기라.

신조는 문득 정신이 들었다. 무슨 말인가를 들었다. 아주 중요한 말, 아주 어색한 말. 조금 시간이 걸렸다. 그러나 신조는 깨달았다. 신조만 알 수 있는 것이었다.

"오빠가 구명조끼를 입고 있었어요?"

신조의 목소리에 장례식장은 일순 조용해졌다. 모두가 신조를 돌아보았다. 신조는 그런 줄도 모르는 채 비틀거리며 일어나다 그만 주저앉았다. 사촌 오빠의 부축을 받고서야 다시 일어나 큰아버지가 앉은 탁자로 갔다.

"야가 와 이라노."

놀라며 붙잡는 큰어머니를 뿌리치고 신조는 큰아버지 앞에 앉았다.

"오빠가 뭘 입고 있었다고요?"

"뭐를?"

"큰아버지가 방금 그러셨잖아요. 오빠가 뭘 입고 있었다고요?"

들었지만, 분명 들었지만 다시 물어야 했다. 알아야 했다. 큰아버지는 황당하다는 얼굴로 눈을 끔벅거리기만 했다. 큰어머니가 옆에서 대답해 줬다.

"구명조끼…… 말하는 거가?"

"오빠가, 우리 오빠가 구명조끼를 입고 있었어요?"

"그래. 경찰이 그러던데. 구명조끼를 입은 채로 바다에서 발견됐다고……. 그 덕분에 그래도 빨리 찾은 거라고……."

그때 울음 섞인 소리가 들려왔다.

"왜 그래, 신조야? 무슨 일이야? 뭐야?"

천우 엄마가 가까이 와 있었다. 신조는 와락 고개를 돌렸다.

"오빠가 구명조끼를 입고 있었대요. 그날…… 그 밤에 요트가 그렇게 됐을 때, 아니 그 전에 오빠는 구명조끼를 입었던 거예요."

"그게…… 그게 그렇게……."

천우 엄마도 이해 가지 않는다는 듯 말을 흐렸다. 빈소의 모두가 그랬다. 아무도 이해하지 못했다. 그건 오직 신조만 알 수 있는 일이었다.

요트에 탔다고 이천우가 스스로 구명조끼를 입는 일은 없다는 것. 바다에 빠질 거라고 예상하지 않는 한, 절대로.

신조는 울음을 터뜨렸다. 알았다. 이제 알았다. 오빠에게 무슨 일이 있었는지 알게 되었다. 오빠가 어떤 마음이었는지 알게 되었다.

일부러 가스 밸브를 열었던 것이다. 불을 붙였던 것이다. 불현듯 담배 생각이 났다. 요트에서 담배를 피우다 걸린 게 두 번인가, 세 번인가 그랬다. 매번 다시는 그러지 않겠다 맹세하고 끝났지만, 이천우는 이천우였다. 자기 선실 어딘가에 담배와 라이터를 숨겨 두었을지 몰랐다. 그러고도 남았다. 그리고 어느 때보다 가까이 다가온 그 배를 향해 불을 피워 올렸던 것이다. #플렉스_릴랙스 그랬을지도 몰랐다. 요트를 불쏘시개로 삼는 거야말로 진정,이라고.

그러니까 오빠는 모두를 구하려 했던 것이다. 스스로를 구하려 했던 것이다. 신조와 약속한 대로 집으로 돌아오려 했던 것이다. 그건 우연한 사고가 아니었다.

"오빠는요……."

신조는 이를 악물어 울음을 삼켰다. 이야기해야 했다. 아무리 힘들어도, 슬퍼도, 괴로워도. 아이를 잃은 엄마는 알아야 했다. 천우의 엄마도 그리고 또 다른 아이의 엄마도.

오빠의 영정을 돌아봤다. 신조는 비로소 말할 수 있었다. 오빠, 미안하다…… 고맙다…… 잘 가라……. 내 걱정은 하지 마라. 내가 누고? 이천우도 이겨 먹는 이신조다. 천우신조호의 이신조다. 오빠 내 믿제? 두고 봐라. 내가 잘할 거다. 오빠가 옆에 있는 것처럼, 오빠가 하려던 것처럼, 신조는 다 해낼 생각이었다.

천우는 신조가 나서지 않기를 바랐다고, 노아는 말했다. 신조도 들은 말이었다. 니는 조용히 입 다물고 있어라. 그러나 신조는 똑똑히 기억하고 있었다. 오빠의 말은 그게 다가 아니었다. 이 일은 내가 책임진다. 오빠는 그 한 사람이 되기로 했다. 누군가는 그 한 사람이 되어야 한다고 생각했다.

끝난 일이라고, 노아는 말했다. 그랬다. 지긋지긋하다고, 류는 말했다. 신조는 비로소 그 이야기의 끝이 보였다. 이야기를 끝내는 길이 보였다.

그때 노아가 빈소로 급히 들어섰다. 신조는 노아와 눈이 마주치자 천천히 고개를 가로저었다. 그것만으로 충분했다. 노아는 겁에 질린 얼굴로 입구에서 굳어 버렸다.

대가를 치르게 될 것이다. 후회할지도 모른다. 아마 그럴 것이다. 삶은 바다처럼 무정한 것이다. 파도의 일을 막을 수는 없다.

그 바다가 신조에게 알려 주었다. 사람이 할 수 있는 일은 다만, 그럼에도 파도에 삼켜지지 않는 일이다. 자신을 잃지 않는 일이다.

신조는 그러기로 했다. 단 한 사람이 되기로 했다.

딩기 요트를 배운 적 있다.

단 이틀의 강습일 뿐이었지만 나름대로 딩기로 세일링을 하며 마리나를 벗어났다. 바다로 나아갔다,라고 쓰고 싶지만 차마 그러지는 못하겠다. 벌벌 떨며 광안대교 교각 언저리를 돌았을 뿐이다.

그래도 그 바다에서 배웠다.

유난히 맑은 날이라 바다는 빛의 조각들로 온통 찬란했는데, 그건 다름 아닌 바람이 하는 일이었다. 바람에 수면이 흔들리는 순간이 눈부신 빛의 조각이 된다. 노을이 붉으면 어부는 근심을 하지. 그 또한 바다의 말이다. 붉은 노을은 태풍의 조짐이다. 그에 대해 사람이 어찌할 수 있는 일은 없다. 그저 가야 할 방향으로, 그러느라 때로 빛 속으로, 붉은 노을 속으로 헤엄쳐 갈 뿐. 혹은 어디로 가는지도 모르는 채 물살에 떠밀려 가기도 할 뿐.

이것은 바다에 관한 이야기다. 일생을 다해 내가 보고 듣고, 때로 깊이 잠기기도 했던 그 모든 바다에 관한 이야기. 또한 이것은 그 바다를 건너온 시간들에 관한 이야기다. 빛은 바람의 징조이며 또한 바람은 빛을 그려 내기도 한다는 사실을 배워 온 내 모든 지난 시간들에 관한 이야기. 그리하여 라이프 재킷, 그 바다에서도 나를 계속 나아가게 만드는 그 무엇에 관한 이야기다.

언제나 이야기가 곁에 있었다. 파도를 잠시 잊게 해 주고, 별을 읽는 법을 조금이나마 알게 해 주는. 또 하나의 이야기를 바다로 내보낸다. 이것이 누군가의 바다에 잠시나마 반갑게 떠오르는 무엇이기를 바라며.

라이프 재킷.

바람에 흔들리는 만큼 아름다운 바다를 온몸으로 건너는 그 오늘이 당신의 라이프 재킷이 되어 주기를 바라며, 믿으며.

다시금 바다로 나서는 2024년
항해자 이현

**창비청소년문학 127**

## 라이프 재킷

초판 1쇄 발행 | 2024년 7월 26일

지은이 | 이현
펴낸이 | 염종선
책임편집 | 김도연
조판 | 신혜원
펴낸곳 | (주)창비
등록 | 1986년 8월 5일 제85호
주소 | 10881 경기도 파주시 회동길 184
전화 | 031-955-3333
팩스 | 영업 031-955-3399  편집 031-955-3400
홈페이지 | www.changbi.com
전자우편 | ya@changbi.com